Um Menino Chamado Natal

Matt Haig

Um Menino Chamado Natal

com ilustrações de Chris Mould

Tradução
Débora Isidoro

Ciranda Cultural

Publicado mediante acordo com Canongate Books Ltd, 14
High Street, Edinburgh EH1 1TE

Título original em inglês
A boy called Christmas

Texto
Matt Haig

Ilustrações
Chris Mould

Tradução
Débora Isidoro

Preparação
Karine Ribeiro

Revisão
Fernanda R. Braga Simon

Diagramação
Ana Dobón

Design de capa
Rafaela Romaya

Produção editorial
Ciranda Cultural

Dados Internacionais de Catalogação na Publicação (CIP) de acordo com ISBD

H149m Haig, Matt

Um menino chamado Natal / Matt Haig ; traduzido por Débora Isidoro ; ilustrado por Chris Mould. - Jandira, SP : Ciranda Cultural, 2020.
240 p. : il. ; 15,5cm x 22,6cm.

Tradução de: A boy called Christmas
ISBN: 978-65-5500-589-9

1. Literatura infantojuvenil. 2. Natal. I. Isidoro, Débora. II. Mould, Chris. III. Título.

CDD 028.5
2020-3045 CDU 82-93

Elaborado por Vagner Rodolfo da Silva - CRB-8/9410

Índice para catálogo sistemático:
1. Literatura infantojuvenil 028.5
1. Literatura infantojuvenil 82-93

1ª edição em 2020
www.cirandacultural.com.br

Para Lucas e Pearl

Um bilhete do autor

Caro leitor,

Quando meu filho Lucas tinha seis anos, ele me fez uma pergunta.

Ele sempre me fazia perguntas. E ainda faz, mesmo com treze anos, mas não são tantas quanto naquela época. Quando a luz do quarto dele foi apagada, uma voz atravessou a escuridão:

– Pai, como o Papai Noel era quando criança?

Foi uma boa pergunta. Mas era tarde, eu estava cansado e já havia passado da hora de ele dormir.

– Não sei – respondi. – Nunca pensei sobre isso.

Porém, existem algumas perguntas que ficam na nossa cabeça. E essa foi uma delas. Foi quando eu *escrevi* uma resposta. Uma resposta que reuniu todas as coisas importantes – os poderes mágicos, o gorro vermelho, as renas, os duendes, a *esperança* – e eu ainda acrescentei algumas coisas novas, como a Pixie Verdadeira e um certo rato.

Quando escrevo um livro, não tenho ideia do que virá depois. E não imaginava que esta história seria lindamente ilustrada pelo Chris Mould. Nem que teria muitos leitores. Nem que se tornaria um filme.

Um *filme*.

Foi um sonho assistir às filmagens. Andar entre as casas e a escola dos duendes. Ver centenas de pessoas fazendo um grandioso filme que surgiu de uma perguntinha feita em meio à escuridão.

Eu amei o filme. Amei como o diretor Gil Kenan se inspirou, acrescentando alguns detalhes fantásticos, mas se mantendo fiel à essência do conto. Foi maravilhoso ver a história ganhar uma vida nova, com alguns dos atores mais talentosos do mundo.

Adentrar a Vila dos Duendes e encontrar um pouco de mágica foi uma das melhores experiências da minha vida literária.

Espero que você também encontre um pouquinho de mágica lá.

Feliz Natal!

Matt Haig

Impossível.

– Um antigo palavrão de duende

Sumário

Um menino comum

ocê vai ler agora a verdadeira história do Pai Natal.

Sim. Pai Natal.

Você pode estar se perguntando como eu conheço a verdadeira história do Pai Natal, e eu digo que você não deve questionar essas coisas. Não no começo de um livro. Para início de conversa, seria grosseiro. Tudo que você precisa entender é que conheço a verdadeira história do Pai Natal, caso contrário, por que a estaria escrevendo?

Talvez você não o chame de Pai Natal.

Talvez tenha outro nome para ele.

Papai Noel, ou São Nicolau, ou Santa Claus, ou Sinterklass, ou Kris Kringle, ou Pelznickel, ou Homem Estranho da Barriga Grande que Conversa com Renas e me Dá Presentes. Ou você tem um nome que inventou por pura diversão. Mas, se você fosse um duende, sempre o chamaria de Pai Natal. Foram as *pixies*, com aquele jeito travesso delas, que começaram a chamá-lo de Papai Noel e espalharam o nome pelo mundo, só para confundir as coisas.

Mas, seja qual for o nome pelo qual o chama, você o conhece, e isso é o que importa.

Dá para acreditar que houve um tempo em que ninguém sabia sobre ele? Um tempo em que ele era só um menino comum chamado Nikolas, que morava no meio do nada, ou no meio da Finlândia, e não tinha nada a ver com magia, exceto por acreditar nela? Um menino que sabia quase nada sobre o mundo, exceto o sabor da sopa de cogumelos, a sensação de um vento frio do Norte e as histórias que contavam para ele. E cujo único brinquedo era um boneco feito de nabo.

Mas a vida ia mudar para Nikolas, e de um jeito que ele nunca imaginou. Coisas estavam para acontecer.

Coisas boas.

Coisas ruins.

Coisas impossíveis.

Mas, se você é uma dessas pessoas que acredita que algumas coisas são impossíveis, deixe este livro de lado agora mesmo. Ele não é para você, com certeza.

Porque este livro é cheio de coisas impossíveis.

Você continua lendo?
Que bom. (Os duendes ficariam orgulhosos.)
Então, vamos começar...

O filho de um lenhador

ikolas era um menino feliz.

Bem, na verdade, não.

Se você perguntasse, ele diria que era, e certamente tentava ser, mas às vezes isso é bem complicado. Acho que o que estou dizendo é que Nikolas era um menino que acreditava na felicidade, como acreditava em duendes, *trolls* e *pixies*, mas nunca tinha visto um duende, um *troll* ou uma *pixie*, e também não tinha visto felicidade verdadeira. Não por certo tempo, pelo menos. Ele não a tinha assim tão fácil. Pegue o Natal como exemplo.

Esta é a lista de todos os presentes de Natal que Nikolas ganhou. Em toda a sua vida.

1. Um trenó de madeira.
2. Um boneco esculpido em um nabo.

Só isso.

A verdade é que a vida de Nikolas era difícil. Mas ele fazia o melhor que podia com ela.

Não tinha irmãos ou irmãs com quem brincar, e a cidade mais próxima, Kristiinankaupunki (Cristinancaupãnqui), ficava muito longe. Chegar lá demorava ainda mais do que pronunciar o nome. E, de qualquer maneira, não tinha muito o que fazer em Kristiinankaupunki, exceto ir à igreja ou olhar a vitrine da loja de brinquedos.

– Papai! Olhe! Uma rena de madeira! – exclamava Nikolas com o nariz espremido contra a vitrine daquela loja de brinquedos.

Ou:

– Olhe! Um boneco de duende!

Ou:

– Olhe! Um boneco fofinho do rei!

E uma vez ele até perguntou:

– Compra um para mim?

Ele olhou para o rosto do pai. Um rosto comprido e magro, de sobrancelhas grossas e pele mais áspera que sapatos velhos na chuva.

– Sabe quanto isso custa? – disse Joel, o pai dele.

– Não – respondeu Nikolas.

E o pai levantou a mão esquerda com os dedos esticados. Tinha só quatro dedos e meio na mão esquerda, por causa de um acidente com um machado. Um acidente horrível. Com muito sangue. E acho que é melhor não falarmos muito disso, porque esta é uma história de Natal.

– Quatro rublos e meio?

O pai fez cara de irritado.

– Não. NÃO. Cinco. Cinco rublos. E cinco rublos por um boneco de duende é muito dinheiro. Dá para comprar um chalé com isso.

– Pensei que chalés custassem cem rublos, papai.

– Não banque o espertinho, Nikolas.

– Mas você disse que eu deveria tentar ser esperto.

– Agora não – respondeu o pai. – Além do mais, por que precisa de um boneco de duende se tem aquele boneco de nabo que sua mãe fez? Não pode fingir que o nabo é um duende?

– Posso, papai, é claro – concordou Nikolas, porque não queria deixar o pai aborrecido.

– Não se preocupe, filho. Vou trabalhar tanto, que um dia vou ser rico, e você vai poder ter todos os brinquedos que quiser, e vamos poder ter um cavalo de verdade, com uma carruagem, e vamos para a cidade como um rei e um príncipe!

– Não trabalhe demais, papai – pediu Nikolas. – Às vezes você também precisa se divertir. E estou feliz com meu boneco de nabo.

Mas o pai dele tinha que trabalhar muito. Cortava lenha o dia todo e todo dia. Trabalhava desde que o amanhecer até o pôr do sol.

– O problema é que moramos na Finlândia – explicou o pai dele no dia em que nossa história começa.

– Todo mundo não mora na Finlândia? – perguntou Nikolas.

Era de manhã. Eles iam para a floresta e passavam pelo antigo poço de pedra para o qual nunca podiam olhar. O chão era coberto por um fino pó de neve. Joel carregava o machado nas costas. A lâmina brilhava no sol frio da manhã.

– Não – falou Joel. – Algumas pessoas moram na Suécia. E tem até umas sete pessoas que moram na Noruega. Talvez até oito. O mundo é um lugar grande.

– E qual é o problema de morar na Finlândia, papai?

– As árvores.

– Árvores? Pensei que gostasse delas. É por isso que as corta.

– Mas há árvores por todo lado. Por isso ninguém paga muito por... – Joel parou. E virou para trás.

– Que foi, papai?

– Acho que ouvi alguma coisa. – Eles não viam nada além de bétulas, pinheiros e arbustos de ervas e urze. Uma ave pequenina de peito vermelho estava empoleirada em um galho.

– Não deve ter sido nada – disse Joel sem muita certeza.

Ele olhou para um pinheiro enorme e apoiou a mão no tronco áspero.

– É esta. – E começou a cortar, e Nikolas foi procurar cogumelos e frutinhas.

Nikolas tinha só um cogumelo na cesta quando viu um animal lá longe. Nikolas adorava animais, mas geralmente só via pássaros, ratos e coelhos. Às vezes, ele via um alce.

Mas isso era alguma coisa maior e mais forte.

Um urso. Um enorme urso marrom, umas três vezes maior que Nikolas, em pé, usando as patas enormes para levar frutinhas à boca. O coração de Nikolas começou a bater mais depressa de empolgação. Ele decidiu olhar mais de perto.

Foi andando sem fazer barulho. Agora estava bem perto.

Eu conheço aquele urso!

O momento aterrorizante quando ele percebeu que conhecia o urso também foi aquele em que ele pisou em um galho e houve um estalo.

O urso virou e olhou diretamente para ele.

Nikolas sentiu alguma coisa segurar seu braço com força. Olhou para trás e viu o pai de cara feia.

– O que você está fazendo? – cochichou ele. – Vai se matar.

O pai segurava seu braço com tanta força que estava doendo. Mas em seguida ele o soltou.

– Seja a floresta – sussurrou Joel. Ele sempre falava isso quando havia algum perigo por perto. Nikolas nunca soube o que significava. Só ficava imóvel. Mas era tarde demais.

Nikolas se lembrou de quando tinha seis anos e estava com a mãe, sua mãe alegre e de faces coradas que gostava de cantar. Eles iam buscar água no poço quando viram exatamente o mesmo urso. A mãe mandou Nikolas correr para casa, e Nikolas correu. Ela não.

Nikolas viu o pai segurar o machado com força, mas viu que suas mãos tremiam. Ele puxou Nikolas para trás dele, caso o urso atacasse.

– Corra – disse o pai.

– Não. Vou ficar com você.

Não dava para saber se o urso ia atacar. Provavelmente não. Devia estar muito velho e cansado. Mas rugiu.

E então, nesse momento, soou um assobio. Nikolas sentiu alguma coisa passar raspando sua orelha, como uma pena bem rápida. Um momento depois, uma flecha com uma pena cinzenta acertou o tronco da árvore ao lado da cabeça do urso. O urso pôs as quatro patas no chão e foi embora.

Nikolas e Joel olharam para trás, tentando descobrir quem tinha atirado, mas não havia ninguém, só os pinheiros.

– Deve ser o caçador – disse Joel.

Uma semana antes, eles encontraram um alce machucado com a mesma flecha de pena cinza espetada nele. Nikolas fez o pai ajudar a pobre criatura. Ele recolheu neve e a pressionou em volta do ferimento antes de tirar a flecha.

Eles continuaram olhando entre as árvores. Um graveto estalou, mas não viram nada.

– Muito bem, Natal, vamos – disse Joel.

Fazia muito tempo que Nikolas não era chamado por esse nome.

No passado, seu pai costumava brincar e se divertir. Chamava todo mundo por apelidos. A mãe de Nikolas era "Pão Doce", embora seu nome verdadeiro fosse Lilia, e o apelido de Nikolas era "Natal", porque ele nasceu no dia de Natal. O pai até entalhou o apelido em seu trenó de madeira.

– Olhe só para ele, Pão Doce, nosso garotinho Natal.

Agora, nunca era chamado por esse apelido.

– Mas não vai mais espiar os ursos, entendeu? Vai acabar morrendo. Fique perto de mim. Você ainda é um menino.

Um pouco mais tarde, depois de trabalhar durante uma hora cortando a árvore, Joel sentou-se em um toco.

– Eu podia ajudar – ofereceu Nikolas.

O pai levantou a mão esquerda.

– Isto é o que acontece quando meninos de onze anos usam machados.

E Nikolas ficou olhando para o chão, procurando cogumelos e pensando se ter onze anos algum dia seria divertido.

O chalé e o rato

chalé onde Nikolas e o pai moravam era o segundo menor em toda Finlândia.

Tinha só um cômodo. Então, o quarto também era a cozinha, a sala e o banheiro. Na verdade, não tinha banheiro. Não tinha nem um vaso sanitário. O vaso era só um buraco grande e fundo cavado no chão do lado de fora. A casa tinha duas camas com colchões de palha e penas. O trenó ficava sempre do lado de fora, mas Nikolas deixava o boneco de nabo ao lado da cama para se lembrar da mãe.

Mas Nikolas não se incomodava. A casa podia ser muito pequena; não fazia diferença para quem tinha imaginação. E Nikolas passava o tempo sonhando acordado e pensando em coisas mágicas, como *pixies* e duendes.

A melhor parte do dia dele era a hora de dormir, porque era então que o pai lhe contava uma história. Um ratinho marrom, a quem Nikolas deu o nome de Miika, esgueirava-se para o interior quentinho do chalé e também ouvia.

Bem, Nikolas gostava de pensar que Miika estava ouvindo, mas a verdade era que o rato estava só pensando em queijo. E isso exigia muita imaginação, porque Miika era um rato da floresta, e não havia vacas ou cabras naquela floresta, e ele nunca tinha visto ou sentido cheiro de queijo, muito menos experimentado.

Mas Miika, como todos os ratos, acreditava na existência do queijo e sabia que seria muito, muito gostoso se um dia tivesse uma oportunidade de experimentar.

Enfim, Nikolas ficava ali deitado, no aconchego feliz de suas roupas de cama, e ouvia com atenção as histórias que o pai contava. Joel parecia sempre cansado. Tinha círculos escuros embaixo dos olhos. Era como se ganhasse um círculo novo todos os anos. Como uma árvore ganha novos anéis.

– Então – disse o pai dele naquela noite –, que história quer ouvir hoje?

– Queria que contasse aquela dos duendes.

– De novo? Você ouve essa história dos duendes todas as noites desde que tinha três anos.

– Por favor, papai. Eu gosto dela.

E Joel contou a história sobre os duendes do Extremo Norte, que moravam além da única montanha na Finlândia, uma montanha secreta, que algumas pessoas achavam que nem existia. Os duendes viviam em uma terra mágica, um povoado coberto de neve e cercado por colinas cheias de bosques, a Vila dos Duendes.

– Eles são de verdade, papai? – perguntou Nikolas.

– São. Eu nunca os vi – declarou o pai com sinceridade –, mas acredito que existem. E, às vezes, acreditar é tão bom quanto saber.

E Nikolas concordou, mas Miika, o rato, discordou, ou teria discordado se tivesse entendido. Se tivesse entendido, ele teria dito: "Prefiro sentir o gosto de queijo de verdade a só acreditar nele".

Mas para Nikolas isso era o suficiente.

– Sim, papai, eu sei que acreditar é tão bom quanto saber. Acredito que os duendes são amigos. E você?

– Também – respondeu Joel. – E eles usam roupas bem coloridas.

– Você usa roupas coloridas, papai!

Era verdade, mas as roupas de Joel eram feitas de trapos que ele ganhava do alfaiate na cidade. Tinha feito calças de retalhos de muitas cores, uma camisa verde e, o melhor de tudo, um chapéu de feltro vermelho com uma aba de pele branca e um pompom de algodão branco e fofo.

– Ah, sim, é verdade, mas minhas roupas estão ficando velhas e rasgadas. As roupas dos duendes parecem sempre novas e...

Ele parou.

Tinha escutado um barulho lá fora.

E, um momento depois, ouviu três batidas na porta.

O caçador

Que estranho – disse Joel.

– Pode ser a tia Carlotta – disse Nikolas, torcendo mais que tudo no mundo para que não fosse a tia Carlotta.

Joel caminhou até a porta. Não foi uma longa caminhada. Foi só um passo. Ele abriu a porta e viu um homem do outro lado.

Um homem alto, forte, de ombros largos e queixo quadrado, com um cabelo que parecia palha dourada. Seus olhos eram azuis, e ele cheirava a feno e parecia tão forte quanto vinte cavalos. Ou meio urso. Parecia ter força suficiente para levantar o chalé do chão, se quisesse. Mas hoje ele não estava com disposição para levantar chalés do chão.

Eles reconheceram as flechas que o homem carregava nas costas, tinham penas cinzentas.

– É você – disse Joel. – O caçador.

Nikolas percebeu que o pai estava impressionado.

– É – respondeu o homem. Até a voz dele parecia ter músculos. – Meu nome é Anders. Aquilo que aconteceu com o urso mais cedo, foi por pouco.

– Sim, obrigado. Entre, entre. Meu nome é Joel. E este é meu filho, Nikolas.

O homem notou o rato sentado em um canto do cômodo, comendo um cogumelo.

– Não gosto de você – disse Miika, olhando para os sapatos grandes do homem. – Francamente, seus pés são aterrorizantes.

– Quer beber alguma coisa? – ofereceu Joel com tom manso. – Tenho um pouco de vinho de fisális.

– Sim – disse Anders, e então ele viu Nikolas e sorriu com simpatia. – Vinho seria bom. Vejo que usa seu chapéu vermelho até dentro de casa, Joel.

– É que ele me esquenta.

"Vinho de fisális", pensou Nikolas quando Joel pegou uma garrafa que escondia em cima do armário de cozinha. Não sabia que o pai tinha vinho de fisális.

Pais eram mistérios.

– Vim perguntar se pode me ajudar com uma coisa – disse Anders.

– Peça – respondeu Joel, servindo o vinho em duas canecas.

Anders bebeu um gole. Depois outro maior. E bebeu tudo. Depois limpou a boca com a mão grande.

– Quero que faça uma coisa. É para o rei.

Joel se assustou.

– Para o rei Frederick? – Em seguida ele riu. Isso só podia ser brincadeira do caçador. – Rá! Por um minuto cheguei a

acreditar em você! O que um rei poderia pedir a um humilde lenhador como eu?

Joel esperou que Anders também risse, mas houve um longo silêncio.

– Estive observando você o dia todo. Vi que é bom com o machado... – Anders parou de falar ao ver que Nikolas sentava na cama de olhos bem abertos, ouvindo atento a conversa mais empolgante que já havia escutado. – Talvez seja melhor conversarmos em particular.

Joel assentiu com tanto vigor que o pompom branco do chapéu caiu para a frente.

– Nikolas, pode ir para o outro aposento?

– Mas, papai, não temos outro aposento.

O pai dele suspirou.

– Ah, sim. Você tem razão... Bem – disse ele ao visitante gigantesco –, podemos ir lá fora. A noite de verão está bem agradável. Pode pegar meu chapéu emprestado se quiser.

Anders riu alto e riu muito.

– Acho que vou sobreviver sem ele!

Os homens saíram, e Nikolas se deitou e tentou ouvir o que eles diziam. Ouvia as vozes murmurando e só conseguia pegar uma palavra ou outra.

– ... homens... rei... rublos... Turku... muito... montanhas... armas... distância... dinheiro... dinheiro...

Dinheiro foi mencionado algumas vezes. Mas de repente ele ouviu uma palavra que o fez sentar na cama. Uma palavra mágica. Talvez a palavra mais mágica de todas. Duendes.

Nikolas viu Miika correr junto da parede. Ele se levantou sobre as patinhas de trás, olhou para Nikolas e parecia pronto para ter uma conversa. Bem, tão pronto quanto um rato pode parecer pronto para ter uma conversa. O que não era muito.

– Queijo – disse o rato em ratês.

– Tenho um pressentimento muito ruim sobre tudo isso, Miika.

Miika olhou para a janela, e Nikolas pensou que seus olhinhos escuros pareciam cheios de preocupação, e o focinho se movia com nervosismo.

– E, se não tem queijo, vou comer essa velha e fedida criatura de vegetal.

Miika se aproximou do boneco de nabo ao lado da cama de Nikolas e deu uma mordida nele.

– Ei, isso foi um presente de Natal! – disse Nikolas.

– Eu sou um rato. Natal não significa nada para mim.

– Ei! – repetiu Nikolas, mas era difícil ficar bravo com um rato, e ele deixou Miika continuar roendo a orelha do boneco de nabo.

Os homens ficaram lá fora perto da janela por muito tempo, falando baixo e bebendo vinho de fisális, enquanto Nikolas se preocupava, deitado no escuro, sentindo uma coisa ruim no estômago.

Miika também sentia uma coisa ruim no estômago. Mas era isso que sentia quem comia nabo cru.

– Boa noite, Miika.

– Queria que fosse queijo – disse Miika.

E Nikolas ficou ali com um pensamento horrível. O pensamento era este: “Alguma coisa ruim vai acontecer”.

E ele estava certo.

Estava sim.

O trenó (e outras más notícias)

Escute, filho, tenho uma coisa para dizer – avisou o pai dele enquanto comiam pão velho de centeio no café da manhã. Essa era a segunda refeição favorita de Nikolas (a primeira era pão fresco de centeio).

– O que é, papai? O que Anders queria pedir?

Joel respirou fundo, como se a próxima frase fosse algo em que tivesse de mergulhar.

– Era uma oferta de trabalho – disse. – É muito dinheiro. Pode ser a solução para tudo. Mas...

Nikolas esperou, prendendo a respiração. E então aconteceu.

– Mas vou ter que ir embora.

– O quê?

– Não se preocupe. Não vai ser por muito tempo. Só dois meses.

– Dois meses?

Joel pensou um pouco.

– Três, no máximo.

Parecia uma eternidade.

– Que tipo de trabalho demora três meses?

– É uma expedição. Um grupo de homens vai partir para o Extremo Norte. Querem encontrar a Vila dos Duendes.

Nikolas mal podia acreditar no que ouvia. A cabeça dele girava com tanta empolgação. Ele sempre acreditou em duendes, mas nunca imaginou que as pessoas fossem realmente vê-los. Duendes. Duendes vivos, respirando.

– A Vila dos Duendes?

O pai dele fez que sim com a cabeça.

– O rei disse que vai dar uma recompensa para quem encontrar provas da existência da vila. Doze mil rublos. Divididos por sete homens, são mais de três mil para cada um.

– Acho que não – disse Nikolas.

– Nunca mais vamos ter de nos preocupar com dinheiro de novo!

– Uau! Posso ir? Consigo ver um cogumelo a mais de um quilômetro, mesmo na neve! Vou ser muito, muito útil.

O rosto comprido de pele áspera do pai ficou triste. A área embaixo dos olhos ganhou mais um círculo escuro. As sobrancelhas se afastavam como taturanas que não se amavam mais. Até o chapéu sujo de feltro vermelho parecia mais caído e mais triste que de costume.

– É muito perigoso – disse Joel com hálito de fisális azeda. – E não estou falando só sobre ursos... Serão muitas noites no frio, sem dormir. A Finlândia é um país grande. Cento e cinquenta quilômetros ao Norte daqui há uma cidade chamada Seipäjärvi. Depois dela, nada além de planícies geladas e lagos e campos cobertos de neve. Até as florestas são congeladas. E, quando se chega à Lapônia, fica muito difícil encontrar comida, até cogumelos. E então a jornada fica ainda mais difícil. E é por isso que ninguém jamais chegou ao Extremo Norte.

Lágrimas inundaram os olhos de Nikolas, mas ele estava decidido a não chorar. Olhou para a mão do pai, para o meio dedo que faltava.

– E como você sabe que vai conseguir chegar?

– Tem mais seis homens. E me disseram que são homens bons, fortes. Temos chances tão boas quanto as de qualquer grupo. – Ele sorriu daquele jeito familiar, enrugando os olhos. – Vai valer a pena. Prometo. Vamos ganhar muito dinheiro com essa expedição, o que significa que nunca mais teremos de comer sopa aguada de cogumelo e pão velho.

Nikolas sabia que o pai estava triste e não queria que ele se sentisse ainda pior. Sabia que tinha de ser corajoso.

– Vou sentir saudade, papai... mas entendo que precise ir.

– Você é um filho da floresta – disse Joel com a voz trêmula. – É um espírito forte. Mas lembre-se de que não deve se aproximar do perigo. Precisa controlar a curiosidade. Você tem coragem demais... Eu volto em setembro, quando o tempo piorar. E vamos comer como o próprio rei! – Ele segurou um pedaço de pão velho com cara de desgosto. – Linguiças e pão fresco com manteiga, e montanhas de tortas de mirtilo!

– E queijo? – quis saber Miika, mas ninguém ouviu.

Torta de mirtilo! Nikolas quase desmaiou ao pensar nisso. Estava com tanta fome que a ideia de frutinhas doces e roxas incrustadas em massa de dar água na boca era como o próprio paraíso. Uma vez havia experimentado um mirtilo, e era delicioso, mas todo mundo sabia que ficava ainda mais delicioso em uma torta. Mas em seguida ele ficou triste de novo e pensou em uma coisa. Certamente Joel, que às vezes tinha medo de perder Nikolas de vista, não o deixaria sozinho.

– Quem vai cuidar de mim?

– Não se preocupe! – respondeu Joel. – Vou escrever para minha irmã. Vai ficar seguro com ela.

Irmã! Oh, não. Isso era pior ainda. Já era horrível passar a tarde de Natal com tia Carlotta; passar três meses inteiros com ela seria muito pior.

– Não tem problema. Eu posso ficar sozinho. Sou um filho da floresta. Posso...

O pai o interrompeu.

– Não. O mundo é perigoso. E você ainda é uma criança. Vimos isso ontem. Tia Carlotta é uma mulher adorável. Ela é muito mais velha que eu.

Agora é uma senhora, na verdade. Tem quarenta e dois anos. Vai ser bom para ela ter alguém de quem cuidar.

Ele olhou para o filho por um longo instante antes de dar a última má notícia.

– Ah, e vou precisar do seu trenó. Anders acha que ele pode ser útil. Para transportar nossos... suprimentos. E, de qualquer maneira, é verão! A neve no chão é fina demais por aqui.

Nikolas concordou balançando a cabeça. Não conseguia pensar em uma resposta.

– Ainda tem seu boneco de nabo. – Joel apontou para o nabo com uma carinha triste entalhada, ao lado da cama de Nikolas.

– Sim – Nikolas respondeu. Supunha que, para um boneco de nabo, o dele era bem bom.

Talvez fosse o melhor boneco feito com um nabo pobre e fedido em toda a Finlândia.

– É verdade. Isso eu ainda tenho.

E assim, dez dias depois, em uma manhã fria, mas ensolarada, Nikolas viu o pai partir.

Joel usava seu chapéu vermelho, carregava o machado nas costas e puxava o trenó de madeira. Ele partiu sob um céu rosado, andando entre os pinheiros altos, para ir encontrar os outros homens em Kristiinankaupunki.

E então, depois disso, coisas realmente ruins começaram a acontecer.

A chegada de tia Carlotta

esmo em um tempo quando muitas tias eram más e horríveis, tia Carlotta era especialmente ruim.

Ela era uma mulher alta, magra, vestida de cinza, com cabelos brancos e um rosto sério, a boca muito fina lembrando um ponto final. Tudo nela parecia ser coberto de gelo, até a voz.

– Muito bem – disse ela com ar severo –, é importante estabelecermos algumas regras. A primeira é que você deve acordar ao nascer do sol.

Nikolas sufocou um grito. Isso era horrível. Era verão na Finlândia!

– Mas o sol nasce no meio da noite!

– A segunda regra é que não deve responder para mim. Nunca. Especialmente sobre a primeira regra.

Tia Carlotta olhou para Miika, que tinha acabado de escalar o pé da mesa e agora andava em cima dela procurando migalhas.

Ela parecia enojada.

– E a terceira regra – disse – é nada de ratos!

– Ele não é um rato!

Mas era tarde demais. Ela já segurava Miika pelo rabo e levava a criatura agitada para a porta, a qual abriu antes de jogá-lo para fora.

– Ei! Não pode fazer isso! – gritou Miika com toda a força da voz. Mas toda a força da voz de Miika não chegava nem perto da voz mais fraca da maioria das pessoas, e ninguém o escutou. Ela fechou a porta, farejou o ar e viu o boneco de nabo ao lado da cama de Nikolas.

Ela o pegou.

– E nada de horríveis vegetais podres também!

– É um boneco. Olha. Tem uma carinha!

– Na verdade, pensando bem, eu fico com ele. Pode me distrair do seu cheiro.

Tia Carlotta examinou Nikolas com ainda mais desdém do que havia demonstrado pelo nabo podre.

– Tinha esquecido quanto eu odeio crianças. Especialmente meninos. Acho que são... repugnantes. Agora está ficando claro. Meu irmão ignorante de nove dedos tem sido muito mole com você. – E olhou em volta, examinando o chalé de um cômodo.

– Sabe por que eu vim? – perguntou. – Ele contou para você?

– Para cuidar de mim.

– Ha! Ha! Hahahahahaha! – A risada brotou de dentro

dela repentina e assustadoramente, como morcegos saindo de uma caverna. Foi a primeira e última vez que ele a ouviu rir. – Cuidar de você! Ah, essa é boa. Que engraçado. Em que mundo você deve viver para pensar que as pessoas fazem coisas boas sem motivo nenhum. Acha mesmo que vim para cá porque me importo com você? Não. Não vim por causa de um bobão magrelo, sujinho e infantil. Vim por causa do dinheiro.

– Dinheiro?

– É. Seu pai prometeu me dar quinhentos rublos quando voltar. Isso pode comprar cinco chalés.

– Para que precisa de cinco chalés?

– Para ganhar mais dinheiro. E depois mais dinheiro...

– Dinheiro é a única coisa que importa?

– Fala como um verdadeiro pobrezinho sujo! Muito bem, onde você dorme?

– Ali – disse Nikolas, apontando primeiro para a cama dele, depois para o outro lado do cômodo. – E meu pai dorme ali.

Tia Carlotta balançou a cabeça.

– Não.

– Não entendi – respondeu Nikolas.

– Não posso deixar você ficar aqui e me ver em roupas íntimas! Além do mais, tenho muita dor nas costas. Preciso dos dois colchões. Não quer que eu piore, quer?

– Não, é claro que não – declarou Nikolas.

– Muito bem. Então, sim, você vai dormir lá fora.

– Lá fora?

– Sim. Lá fora. Ar fresco faz bem à alma. Nunca entendi por que as crianças querem ficar dentro de casa o tempo todo hoje em dia. Sei que estamos quase no século dezenove, mas mesmo assim... Vá. Depressa! Está escurecendo.

Naquela noite, Nikolas se deitou na grama do lado de fora de sua casa. Levou o velho casaco de inverno da mãe para se cobrir e escolheu o trecho de grama mais macia que encontrou, entre dois tocos de árvores que o pai havia cortado anos antes, mas sempre havia pedrinhas em algum lugar embaixo de suas costas. O vento soprava. Ele viu tia Carlotta lá longe, abaixando sobre o buraco no chão, levantando os saiotes para ir ao banheiro, e torceu para que ela caísse, depois se odiou por pensar nisso. Ela voltou para o interior do chalé quente, e ele ficou tremendo sob um céu cheio de estrelas brilhantes, agarrado ao seu nabo podre para ter algum conforto. Começou a pensar na injustiça do universo e desejou que houvesse algum jeito de fazê-lo justo de novo. E, enquanto ele pensava, Miika se aproximou dele, subiu por seu braço e descansou em seu peito.

– Fico triste por tia Carlotta – comentou Nikolas. – Não pode ser agradável ser tão miserável. Pode?

– Não sei – disse Miika.

Nikolas olhou para a noite. Embora não tivesse nenhum motivo para estar feliz, gostava de ter essas paisagens para olhar. Um estrela cadente cortou o céu.

– Viu aquilo, Miika? Significa que temos de que fazer um pedido.

E Nikolas desejou um jeito de substituir a maldade por bondade.

– Você acredita em magia, Miika?

– Acredito em queijo, se serve para alguma coisa – respondeu Miika.

Nikolas não tinha como saber ao certo se o rato acreditava em magia ou não, mas, confortados pela esperança, ele e seu amigo roedor conseguiram cair lentamente em um sono leve, enquanto a brisa fria continuava soprando e sussurrando todos os segredos desconhecidos da noite.

Estômagos roncando e outros pesadelos

Nikolas dormiu do lado de fora durante todo o verão. Passava todos os dias, como tia Carlotta mandava, procurando comida, desde a primeira luz do dia até o anoitecer. Um dia, ele viu o urso de novo. O urso ficou em pé. Mas Nikolas esperou. Ficou calmo. "Seja a floresta." O urso ficou lá, tranquilo e aterrorizante ao mesmo tempo. O urso que tinha perseguido a mãe dele até o poço. Mas não conseguia odiar essa criatura.

– Olhe para mim – disse Nikolas. – Sou magro como um ancinho. Não tenho carne em cima dos ossos.

O urso parecia concordar e se afastou andando sobre as quatro patas. Havia um garoto com menos sorte no mundo? Sim, na verdade, havia. Um menino chamado Gatu, que morava na Índia e foi atingido por um raio quando usava um rio como banheiro. Muito desagradável. Mesmo assim, aquele foi um tempo miserável e sem alegria para Nikolas. Tia Carlotta nunca ficava feliz com os cogumelos e as ervas que ele conseguia encontrar. O único conforto verdadeiro, com exceção de Miika, era contar os dias, as semanas e os meses para a volta do pai, o que ele fazia desenhando risquinhos no pinheiro mais próximo do chalé.

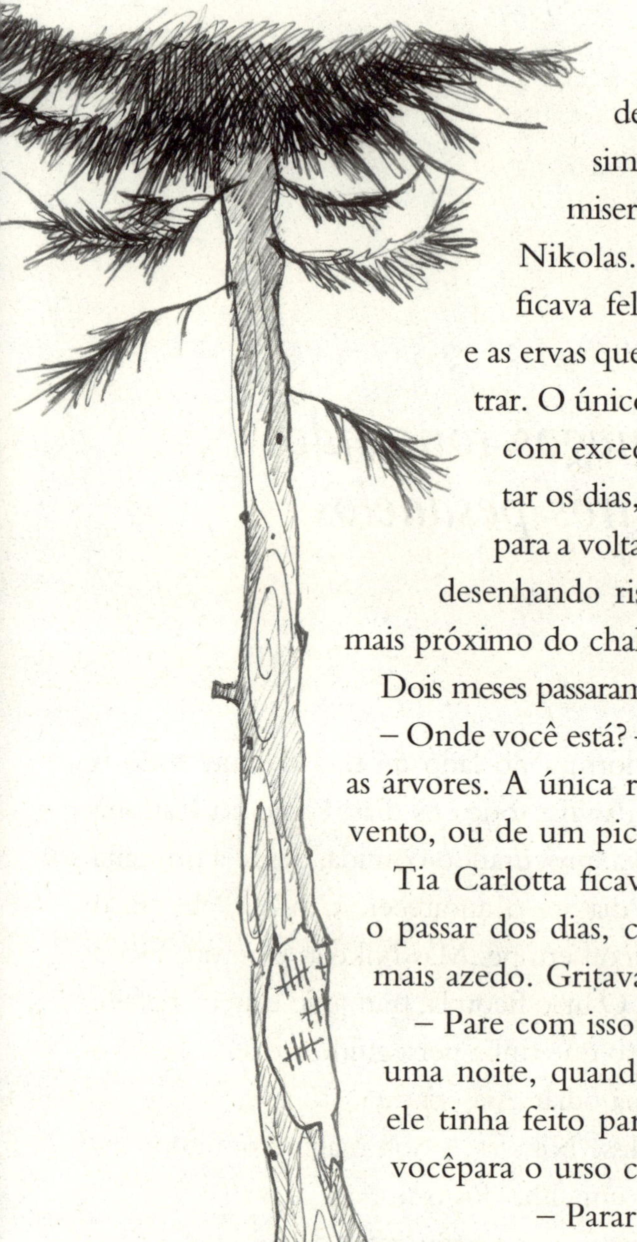

Dois meses passaram. Depois, três.

– Onde você está? – perguntava ele entre as árvores. A única resposta era o som do vento, ou de um pica-pau distante.

Tia Carlotta ficava mais malvada com o passar dos dias, como vinagre ficando mais azedo. Gritava com ele por nada.

– Pare com isso! – gritou tia Carlotta uma noite, quando tomava a sopa que ele tinha feito para ela. – Ou vou dar vocêpara o urso comer.

– Parar com o quê?

– Com esses barulhos horríveis dentro do seu corpo repulsivo.

Nikolas ficou confuso. O único jeito de fazer um estômago parar de roncar era comendo, e, como na maior parte dos dias, tinha encontrado cogumelos suficientes só para a sopa de tia Carlotta. E os que havia comido escondido na floresta não foram suficientes.

Mas, então, tia Carlotta sorriu. Um sorriso naquele rosto era a coisa mais incomum de se ver, como uma banana na neve.

– Muito bem, pode tomar um pouco de sopa.

– Oh, obrigado, tia Carlotta! Estou com muita fome, e adoro sopa de cogumelo.

Tia Carlotta balançou a cabeça.

– Como sempre faz sopa para mim, quis retribuir o favor. Então, enquanto você estava na floresta, preparei uma sopa para você.

Miika olhava pela janela.

– Não coma! – guinchou ele, mas foi inútil.

Nikolas parecia preocupado enquanto olhava para o líquido marrom-acinzentado.

– Com o que fez a sopa? – perguntou ele.

– Amor – disse tia Carlotta.

Nikolas sabia que ela devia estar brincando. Tia Carlotta não era mais capaz de amar que um bloco de gelo. Não, isso é um pouco injusto com os blocos de gelo. Gelo derretia. Tia Carlotta era congelada como uma coisa congelada que era muito congelada e nunca derreteria.

– Vá em frente. Coma.

Era a coisa mais repugnante que ele já havia experimentado. Como comer lama, terra e água de poça. Mas sentia o olhar de tia Carlotta nele, por isso continuou comendo.

Os olhos cinzentos de tia Carlotta fizeram Nikolas se sentir cem vezes menor do que era quando ela repetiu pela centésima vez:

– Seu pai é bobo.

Nikolas não respondeu. Continuou tomando a sopa horrível, sentindo-se cada vez mais enjoado.

Mas tia Carlotta não ia parar por aí.

– Todo mundo sabe que duendes não existem – disse ela, cuspindo enquanto falava. – Seu pai é uma criança estúpida e ignorante se acredita nessas coisas. Eu ficaria muito surpresa se ele ainda estivesse vivo. Ninguém jamais foi ao Extremo Norte e voltou para contar a história. Eu fui muito idiota por vir para cá esperando quinhentos rublos que nunca chegarão.

– Pode ir para casa, se quiser.

– Oh, não. Não posso agora. É outubro. O tempo mudou. Não posso andar quinze quilômetros nesse tempo. Agora vou ter que ficar até o fim do inverno. Para o Natal. Não que o Natal signifique alguma coisa para mim. É um período detestável do ano.

Isso era demais.

– O Natal é ótimo – disse Nikolas. – Eu amo o Natal e nem me importo por ser no dia do meu aniversário. – Ia dizer: "A única coisa que estraga o Natal é você", mas pensou melhor e ficou quieto.

Tia Carlotta parecia sinceramente confusa.

– Como você, um menino sujo e sem mãe, pode amar o Natal? Se fosse filho de um comerciante rico em Turku ou Helsinki, eu poderia entender, mas meu irmão sempre foi pobre demais para comprar um presente para você!

Nikolas sentiu uma onda vermelha de raiva formigar na pele.

– Sempre foi mágico. E eu prefiro um brinquedo feito com amor a outro que custou muito dinheiro.

– Mas a única coisa que ele fez para você foi o trenó. Ele sempre esteve ocupado demais trabalhando.

Nikolas pensou no boneco de nabo e se perguntou onde ele estaria. Não estava ao lado da cama, onde o havia deixado.

– Seu pai é um mentiroso.

– Não – respondeu Nikolas. Tinha terminado de tomar a sopa, mas agora estava muito enjoado.

– Ele prometeu para você que voltaria. Disse que duendes existem. Duas mentiras, só aí... Enfim, estou cansada. Está na minha hora de ir para a cama. Então, agora que terminou sua sopa, se puder fazer a gentileza de sumir da minha frente, eu ficaria tão feliz quanto a rainha da Finlândia. Esta agora é minha casa. Eu sou sua guardiã. Portanto, no seu lugar, eu começaria a fazer exatamente o que digo. Fora. Vá.

Nikolas se levantou com o estômago doendo. Olhou em volta.

– Onde está meu boneco de nabo?

Tia Carlotta sorriu. Era um sorriso de verdade, um sorriso que logo se transformou em risada. Depois, ela disse:

– Você acabou de comê-lo.

– O quê?

Demorou um segundo. Não. Dois segundos. Talvez três. Três e meio. Na verdade, não. Só três. Mas Nikolas entendeu o que ela tinha acabado de dizer. Seu único brinquedo no mundo estava agora dentro de seu estômago.

Ele correu para fora e vomitou no buraco do banheiro.

– Por que fez isso? – perguntou incrédulo lá de fora. – Minha mãe fez o boneco para mim!

– Bem, ela não está mais aqui, está? – respondeu tia Carlotta pela janelinha, que abriu para ter uma visão melhor de Nikolas vomitando. – Graças ao Senhor. Costumava me dar dor de cabeça ouvir aquela cantoria desafinada o dia inteiro. Só pensei que já era hora de você crescer e deixar para trás os brinquedos bobos.

Nikolas tinha terminado. Ele voltou para dentro. Pensou na mãe. Pensou nela segurando a corrente que sustentava o balde enquanto tentava escapar do urso. Como tia Carlotta se atrevia a dizer coisas maldosas sobre ela? Agora só havia uma opção. Fugir. Não podia ficar ali com tia Carlotta. Provaria que o pai não era um mentiroso, e só havia um jeito de fazer isso.

– Adeus, tia Carlotta – disse ele com um fio de voz, sussurrando, mas muito sério. Estava indo embora. Encontraria seu pai. Veria os duendes. Faria tudo ficar bem.

Um capítulo muito curto com um título comprido no qual não acontece muita coisa

Tia Carlotta resmungou alguma coisa e não olhou para ele ao se deitar em sua cama com dois colchões.

Nikolas pegou um pouco do pão duro em cima da mesa, pôs no bolso e saiu para a noite fria. Estava cansado. O estômago ainda doía e sentia na boca o gosto de nabo podre, mas também sentia outra coisa: determinação. Sim. Começaria a caminhada para o Extremo Norte.

Miika roía uma folha seca.

O rato, ele supunha, era o que tinha de mais parecido com um amigo.

– Vou para o Extremo Norte. Vai ser uma jornada muito longa e perigosa. A chance de morte é muito grande. Acho que você deveria ficar aqui, Miika. É mais quente, mas, se quer ir comigo, me dê um sinal.

Miika olhou ansioso para a porta do chalé.

– Não precisa ficar exatamente aqui – explicou Nikolas. – Você tem a floresta inteira.

Miika olhou para a floresta inteira.

– Mas não tem queijo na floresta.

Nikolas ainda não conseguia falar ratês, mas entendia alguma coisa.

– Quer ir comigo, então?

Miika se levantou nas patas de trás e, embora Nikolas não pudesse ter absoluta certeza, teve a impressão de que o rato balançou a cabecinha para dizer que sim. Então o pegou e pôs no bolso esquerdo do casaco.

Com Miika espiando a estrada diante deles, Nikolas seguiu para o Norte andando entre as árvores, em direção ao lugar onde supunha que encontraria o pai e os duendes, e fez o maior esforço para acreditar nas duas coisas.

A velha

Ele andou durante a noite inteira e todo o dia seguinte. Ia atento ao grande urso pardo e viu pegadas de patas no chão, mas não a criatura. Andou até o limite da floresta de pinheiros e seguiu pelo caminho que contornava as margens do Lago Blitzen. O lago era tão grande, e sua água era tão pura e parada, que era como um espelho perfeito para o céu.

Ele viajou durante dias e noites. Viu alces e, sim, em duas ocasiões, viu mais ursos. Ursos pretos. E uma vez teve de subir em uma árvore e esperar uma hora entre os galhos até que um dos ursos ficasse entediado e se afastasse pela neve. Dormia encolhido junto de raízes de árvores, com Miika no bolso ou no chão ao lado dele. Vivia de cogumelos, frutinhas e água doce e fresca.

Mantinha-se feliz cantando canções de Natal para si mesmo, embora faltasse muito para o Natal, e fazendo xixi na neve, onde abria buraquinhos. Imaginava ser rico e acordar, no dia de Natal, dono de todos os brinquedos da loja. Depois imaginou algo ainda melhor: dar ao pai uma carroça e um cavalo.

Mas, durante todo o tempo enquanto andava, o frio ia aumentando. Às vezes seus pés doíam. Às vezes ele ficava com fome, mas estava determinado a seguir em frente.

Depois de um tempo, ele passou pela cidade chamada Seipäjärvi, da qual o pai havia falado. Era só uma rua cheia de casinhas de madeira pintadas de vermelho. Ele caminhou pela rua.

Uma velha sem dentes vinha andando em sua direção apoiada em uma bengala. Pela limitada experiência de Nikolas, todo vilarejo sempre tinha de ter uma pessoa sem dentes andando por ali e dizendo coisas assustadoras para desconhecidos, e ele ficou satisfeito por Seipäjärvi não ser uma exceção.

– Aonde vai, menino misterioso com um rato no bolso? – perguntou ela.

– Para o Norte – foi tudo que ele disse.

– Procurar queijo – acrescentou Miika, que ainda não tinha entendido o propósito da jornada.

A velha era muito estranha, mas não o bastante para entender a linguagem dos ratos, por isso só olhou para Nikolas e balançou a cabeça.

– Para o Norte, não – disse ela, e seu rosto ficou branco como um lençol. (Um lençol branco, é claro.) – Vá para o Leste – continuou –, ou para o Sul, ou para o Oeste... Só um bobo iria para o Norte. Ninguém mora na Lapônia. Não tem nada lá.

– Bom, eu devo ser um bobo – respondeu Nikolas.

– Não há nada de errado em ser um bobo – disse um Bobo que passava por ali com sininhos nos sapatos.

– Acontece que estou procurando meu pai. Ele é lenhador. O nome dele é Joel. Ele usa um chapéu vermelho. Tem olhos muito cansados. Ele só tem nove dedos e meio. Estava com outros seis homens. Eles foram para o Extremo Norte.

A velha pensou um pouco. Seu rosto ficou cheio de linhas, como um mapa. E, falando em mapas, ela tirou alguma coisa amassada do bolso e deu para ele.

Um mapa.

– Agora que estou pensando, sim, vi alguns homens... sete. Eles passaram por aqui no começo do verão. Tinham mapas. – Nikolas sentiu uma onda de empolgação. – Eles derrubaram esse aí.

– Eles voltaram?

A velha balançou a cabeça.

– Estou dizendo. Os que vão para o Norte nunca voltam.

– Bem, obrigado, muito obrigado – disse Nikolas. E tentou sorrir para esconder a preocupação. Precisava dar alguma coisa a ela, e escolheu frutinhas, já que não tinha muito mais que isso. – Por favor, por favor, fique com essas frutinhas.

A velha sorriu, e Nikolas viu que as gengivas dela eram escuras e podres.

– Você é um bom menino. Leve meu xale. Vai precisar de todo agasalho que tiver.

E Nikolas, que sentia que até Miika, mesmo dentro de seu bolso, começava a tremer, aceitou o presente e agradeceu de novo, depois seguiu seu caminho.

Ele andava e andava, seguindo o mapa por planícies, lagos cobertos de gelo, campos cobertos de gelo e florestas cheias de abetos.

Rota para o Extremo Norte

Uma tarde, Nikolas sentou-se embaixo dos abetos cobertos de neve e examinou seus pés. Estavam cobertos de bolhas. Os únicos pedaços de pele que não tinham muitas bolhas estavam muito vermelhos. E os sapatos, que já eram velhos no começo da jornada, tinham praticamente se desmanchado.

– É inútil – disse ele a Miika. – Acho que não posso continuar. Estou muito cansado. Está ficando muito frio. Vou ter que ir para casa.

Mas, assim que disse a palavra "casa", ele percebeu que não tinha uma. Havia o chalé na floresta de pinheiros. Mas lá não era mais sua casa. Não com tia Carlotta morando lá. Não quando não podia nem dormir na própria cama.

– Escute, Miika – disse ele, alimentando o rato com um cogumelo ao sentar-se perto de uma árvore. – Talvez seja melhor para você ficar nesta floresta. Olhe o mapa. Não sei se vamos conseguir.

Nikolas e Miika olharam o mapa, mas o caminho que tinham de seguir era uma linha pontilhada que parecia passos na neve. O mapa não tinha linhas retas. Era só um caminho comprido e curvo, serpenteando por florestas e em volta de lagos, em direção a uma grande montanha. Ele sabia que a montanha era grande porque, no mapa, seu nome era "Montanha Muito Grande".

Nikolas tirou o rato do bolso e o colocou no chão.

– Vá, Miika. Pode me deixar aqui. Olhe, tem folhas e frutinhas. Você vai conseguir viver aqui. Vá. Vá.

O rato olhou para ele.

– Folhas e frutinhas? Não me ofenda com essa conversa de folhas e frutinhas!

– Sério, Miika, é melhor assim. – Mas Miika só subiu no pé de Nikolas, e Nikolas o pôs novamente em seu bolso. Depois o menino apoiou a cabeça no chão coberto de musgo e se cobriu com o xale da velha. E bem ali, à luz do dia, ele adormeceu.

E, enquanto ele dormia, a neve caiu.

Ele sonhou que era uma criança e ia para as colinas perto do Lago Blitzen, e estava em um trenó que o pai dele empurrava, enquanto a mãe ria. Estava muito feliz nesse sonho.

Ele sentiu uma coceira e acordou de repente. Miika sapateava em seu peito e guinchava de medo.

– O que foi, Miika?

– Não sei! – guinchou Miika. – Mas é muito grande e tem chifres na cabeça!

Então, Nikolas viu.

A criatura.

Estava tão perto que, por um momento, ele não soube o que era. Certamente parecia grande de onde Nikolas estava. Mas não era um urso. Era alguma coisa coberta de pelo cinza-escuro e com uma cabeça grande, de aparência forte. Como um alce, mas não era um, definitivamente. O peito da criatura arfava enquanto ela respirava profundamente, e não era cinza, mas branco como a neve. O animal fazia barulhos estranhos, como se fosse um cruzamento de porco e lobo. Ele viu os grandes chifres cobertos de pelo aveludado, dobrados e torcidos como árvores inclinadas pelo vento.

Então ele percebeu.

Era uma rena.

Uma rena muito grande e muito brava.

E olhava diretamente para Nikolas.

A rena

rena se mantinha afastada, grande e furiosa. Seu pelo cinza-escuro era da cor das nuvens de tempestade no céu. Ela moveu a cabeça gigante da esquerda para a direita, depois para cima, e soltou um rugido estranho, uma espécie de grunhido, quando um trovão retumbou no céu.

Miika guinchou de medo. Nikolas ficou em pé.

– Boa rena! Bom menino! Bom menino! Você é menino? – Nikolas olhou. – É menino. Tudo bem. Não vou machucar você. Certo? Sou seu amigo.

As palavras não fizeram nenhum efeito.

Na verdade, fizeram a rena empinar sobre as patas traseiras. O animal ficou muito mais alto que Nikolas, e os cascos dianteiros passaram a menos de três centímetros de seu rosto, cavando o ar num gesto raivoso.

Nikolas recuou até encostar em uma árvore. Seu coração estava disparado.

– O que vamos fazer? – perguntou a Miika, mas era evidente que Miika não tinha planos que pretendesse dividir. – Vamos correr?

Nikolas sabia que nunca seria capaz de correr mais que uma rena. Seu hálito ficava branco no ar, e ele estava rígido de choque.

A rena era uma grande e pesada massa de músculos, pelos e nuvens formadas pelo ar que soltava pelo focinho. E ela avançou pelo ar que anunciava tempestade, selvagem, grunhindo, bufando, agora de cabeça baixa, com aqueles chifres enormes apontados diretamente para o rosto de Nikolas. Essa devia ser a maior e mais furiosa rena em toda a Finlândia.

Um raio cortou o céu. Nikolas olhou para o alto.

– Segure firme, Miika – disse Nikolas, e pulou, agarrou o galho bem em cima de sua cabeça com as duas mãos e se balançou para fora do caminho da rena, bem na hora que o trovão explodiu. A rena bateu no tronco do abeto quando Nikolas enroscou as pernas no galho e se segurou com mais força. Nikolas esperava que a rena se cansasse com o tempo e o deixasse em paz, mas a rena continuava ali, batendo com os cascos no chão e dando voltas na árvore.

Nikolas percebeu uma coisa.

A rena estava mancando. Uma linha fina de sangue escorria por uma das patas traseiras. Ela havia sido ferida por uma flecha.

"Pobre criatura", pensou Nikolas.

Nesse momento, Nikolas sentiu o galho quebrar e caiu no chão coberto de neve; aterrissou de costas.

– Aaaaaahhhh!

Uma sombra se moveu acima dele. Era a rena.

– Escute – falou Nikolas ofegante –, eu consigo tirar.

Ele imitou o gesto de tirar a flecha da pata. As renas, normalmente, não são muito boas de mímica, por isso ela balançou a cabeça, e os chifres bateram nas costelas de Nikolas. O impacto também fez Miika voar do bolso dele, dar cambalhotas pelo ar e se chocar contra a árvore.

Nikolas levantou, lutando contra a dor.

– Você está machucado. Eu posso ajudar.

A rena parou. Fez um barulho estranho, como se fungasse. Nikolas respirou fundo, reuniu toda a coragem que tinha e se aproximou devagar. Tocou de leve a pata da rena, logo acima da flecha. E parou.

A flecha tinha penas cinzentas. Era exatamente o tipo de flecha que havia sido disparado contra o urso. Essa flecha pertencia a Anders, o caçador.

– Eles passaram por aqui – Nikolas pensou alto.

Ele olhou para a flecha depressa e pegou um punhado de neve com as duas mãos, lembrando o que o pai havia feito para ajudar o alce. Depois cobriu com neve a ferida aberta pela flecha.

– Isso vai doer, entendeu? Mas depois você vai se sentir melhor.

A flecha tinha penetrado fundo na carne, mas Nikolas viu que o sangue havia coagulado, sinal de que ela devia estar ali há dias, se não semanas. A pobre criatura se movia de novo, puxando a perna da esquerda para a direita e com dor. Depois gemeu aflita.

– Está tudo bem. Está tudo bem – falou Nikolas ao puxar a flecha.

A rena estremeceu com o choque, virou e mordeu a coxa de Nikolas.

– Ei! Estou tentando ajudar.

Então a rena abaixou a cabeça, ficou quieta por um momento, depois fez xixi.

– Pronto – disse Nikolas reunindo o pouco de coragem que ainda tinha. Ele pegou mais neve para cobrir o ferimento.

Depois de uns dois minutos, a rena parou de tremer e se acalmou. As nuvens de ar que saíam de suas narinas ficaram menores, e ela começou a procurar tufos de grama que brotavam da neve.

Vendo que a rena finalmente o deixaria em paz, Nikolas se levantou sobre os pés doloridos, congelados e cheios de bolhas e limpou a neve das roupas. Miika se aproximou correndo, e Nikolas o pôs no bolso do casaco. Os dois olharam para cima e viram a maior e mais brilhante luz no céu da noite. A Estrela Polar. Nikolas olhou em volta e viu um grande lago a Leste e planícies geladas a Oeste. Depois olhou para o mapa. Precisavam caminhar na direção Norte, na linha mais reta possível.

Ele começou a andar pela neve cada vez mais densa. Mas, depois de um tempo, ouviu passos.

A rena.

Mas dessa vez ela não tentava atacá-lo. Só inclinou a cabeça, como faria um cachorro.

– Não gosto desse alce assustador com galhos de árvore crescendo na cabeça – resmungou Miika.

Nikolas continuou andando, e, cada vez que parava e olhava para trás, a rena também parava.

– Xô! – disse Nikolas. – Não vai querer vir com a gente, pode acreditar. Ainda tenho um longo caminho pela frente, e não sou uma companhia muito boa.

Mas a rena continuava seguindo seus passos. Depois de um tempo e de vários quilômetros, Nikolas ficou cansado de novo. As pernas pesavam. Ele conseguia ver a sola dos pés através dos sapatos. E a cabeça doía de frio e exaustão. Mas a rena, apesar da pata machucada, não parecia cansada. Na verdade, quando Nikolas foi forçado a parar para descansar as pernas e diminuir a pressão sobre as bolhas, a rena parou na frente dele e, notando os sapatos arruinados e os pés machucados de Nikolas, abaixou a cabeça e se ajoelhou com as duas patas dianteiras.

– Quer que eu suba nas suas costas? – perguntou Nikolas.

A rena fez um barulho que era uma mistura de suspiro e grunhido.

– Isso é “sim” em renês? Miika, o que você acha?

– Acho que não – disse Miika.

As pernas de Nikolas estavam tão cansadas, e os pés doíam tanto, que ele decidiu arriscar.

– Percebeu que somos dois? Meu rato e eu. Tudo bem?

Parecia que sim. Nikolas subiu nas costas da rena e, bem, fez a única coisa que podia fazer.

Torceu pelo melhor.

Alguma coisa vermelha

Como Nikolas descobriu, montar uma rena é um pouco mais fácil do que você pensa. É uma viagem meio cheia de solavancos, mas ainda é muito melhor que andar, especialmente com os pés cheios de bolhas. De fato, Nikolas acostumou até com os solavancos. Estava ali sentado, com a mão sobre o bolso do casaco para ajudar Miika a ficar mais quentinho.

– Preciso de um nome para você – disse ele à rena. – Nomes podem não ser importantes para renas, mas são importantes para pessoas. Que tal... – Ele fechou os olhos e lembrou-se do sonho que teve, de ser uma criança e andar de trenó em volta do Lago Blitzen. – Blitzen?

A rena levantou as orelhas, depois a cabeça. Nikolas decidiu que seria Blitzen.

– É assim que vou chamar você, se não tiver problema.

E, aparentemente, não havia problema nenhum.

Nikolas, Miika e Blitzen viajaram juntos por dias. Foi ficando cada vez mais frio, e Nikolas se sentia grato por ter Blitzen, o xale da velha e Miika para manter sua mão quente no bolso. Ele se inclinava para a frente a todo instante para abraçar a rena e alimentá-la com o pequeno suprimento de cogumelos e frutinhas que levava no bolso do lado direito.

Depois de um tempo, a paisagem ficou inteiramente branca, e Nikolas soube que estavam na área vazia do mapa. A neve ficou mais funda, o vento ficou mais cortante, mas Blitzen era corajoso. Suas pernas fortes e o corpo grande seguiam em frente pela neve cada vez mais profunda. Era difícil enxergar muito longe em meio à brancura, mas alguma coisa se erguia no horizonte. Um grande, largo e escarpado monte.

Finalmente, com uma fatia fina de lua pendurada no céu, a neve parou de cair e chegaram à Montanha Muito Grande.

Nikolas deu o penúltimo cogumelo a Blitzen e o último a Miika. Ele mesmo não comeu nada, embora o estômago roncasse como uma tempestade longínqua. A montanha parecia continuar para sempre. Quanto mais subiam, mais alta ela parecia ficar.

Blitzen começou a diminuir a velocidade, como se, finalmente, estivesse exausto.

– Bom menino, Blitzen – repetia Nikolas cansado. – Bom menino. – Ele mantinha uma das mãos sobre Miika para mantê-lo seguro no bolso, e de vez em quando usava a outra para afagar as costas da rena.

Os pés de Blitzen agora só tinham a neve como apoio, e ela era cada vez mais densa. Era surpreendente que a rena ainda conseguisse andar.

Nikolas se sentia ofuscado pelo branco, até que, finalmente, na metade da montanha, viu um lampejo vermelho que parecia um fio de sangue, uma cicatriz na neve. Nikolas saltou de cima da rena e foi escalando a brancura congelada em direção ao vermelho.

Era difícil. Ele afundava na neve até os joelhos cada vez que dava um passo. Era como se a montanha não fosse uma montanha, mas uma pilha gigantesca de neve.

Mas ele acabou chegando lá. E não era sangue. Era um chapéu vermelho que ele reconheceu de imediato.

O chapéu vermelho de seu pai.

O chapéu que ele havia feito de um trapo vermelho e um pompom de algodão branco e fofo.

Estava frio, gelado e duro de pó de neve, mas não havia dúvida.

Nikolas sentiu uma aflição profunda e penetrante se espalhar por seu corpo fraco. Temia que o pior tivesse acontecido.

– Papai! – gritou ele muitas vezes. E cavou a neve com as mãos. – Papai! Papai!

Tentou convencer-se de que ter encontrado o chapéu do pai não significava nada. Talvez o chapéu só houvesse voado da cabeça dele, e o pai estivesse com pressa demais para procurá-lo e pegá-lo de volta. Talvez. Mas, quando seus ossos

doem de frio e você está morrendo de fome, é difícil manter o pensamento positivo.

– Papai! Papaaaaaai!

Nikolas ficou ali cavando a neve com as mãos nuas, até que, tremendo e congelado, finalmente começou a chorar.

– É tudo inútil! – disse Nikolas a Miika, que espiava de dentro do bolso, a cabecinha trêmula enfrentando o frio. – Não adianta. Ele deve estar morto. Temos que voltar. – Ele então gritou mais alto para falar com Blitzen. – Temos que ir para o Sul. Desculpe. Não devia ter trazido você. Não devia ter trazido nenhum dos dois. É muito difícil e muito perigoso, até para uma rena. Vamos voltar para o lugar de onde viemos.

Mas Blitzen não ouvia. Estava se afastando, andando pela neve densa, subindo a montanha.

– Blitzen! Está indo para o lado errado! Não tem nada aí para nós.

Mas Blitzen continuava andando. Ele olhou para trás, como se dissesse para Nikolas seguir em frente. Por um momento, Nikolas pensou em ficar quieto. Só ficar ali parado até ser coberto pela neve, como aconteceu como o pai, até virar parte da montanha. Tinha a impressão de que era inútil andar para a frente ou para trás. Percebeu que havia sido estúpido ao sair do chalé. Finalmente perdia a esperança.

Estava tão frio que as lágrimas congelaram em seu rosto.

Ele sabia que a morte não ia demorar.

Tremendo, viu Blitzen subindo.

– Blitzen!

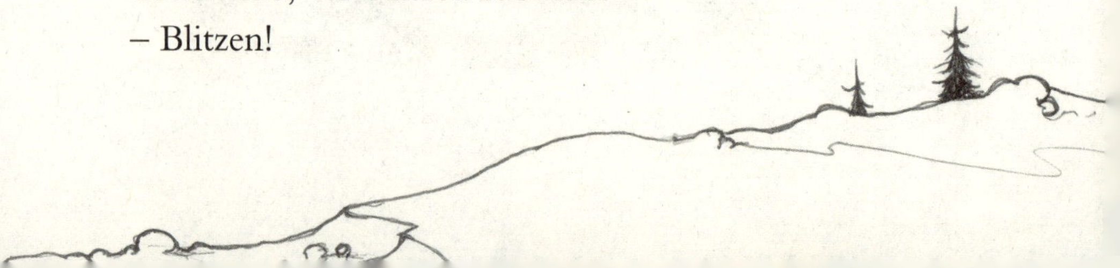

Nikolas fechou os olhos. Parou de chorar. Esperou o frio sair dos ossos e a paz finalmente chegar. Mas, minutos depois, ele sentiu um contato suave e terno na orelha. Abriu os olhos e viu Blitzen envolto em uma nuvem de hálito morno, olhando para ele sem piscar, de um jeito que o fez pensar que ele entendia tudo.

O que foi aquilo que fez Nikolas montar na rena?

Foi esperança? Coragem? Só a necessidade de terminar o que havia começado?

Uma coisa era certa. Nikolas sentiu uma coisa começar a arder dentro dele, mesmo fraco, com frio, com fome e triste como estava. Ele segurou o chapéu do pai, sacudiu a neve e o colocou na cabeça, depois montou na rena. E a rena, mesmo cansada, com frio e com fome, continuou subindo a montanha. Porque é para isso que as montanhas servem.

O fim da magia

e você continua subindo uma montanha, acaba chegando ao topo. Com as montanhas a coisa é assim. Por maiores que sejam, sempre tem um topo. Mesmo que demore o dia todo e mais uma noite, normalmente você chega lá, se continuar lembrando que há um topo. Bom, a menos que a montanha seja no Himalaia; nesse caso, a montanha só continua subindo, e, mesmo sabendo que existe um topo, você vai morrer congelado, e todos os seus dedos do pé vão cair antes de você chegar lá. Mas essa montanha não era tão grande. E os dedos dos pés de Nikolas não caíram.

Ele, Blitzen e Miika continuaram subindo, enquanto cortinas de luz verde cobriam o céu.

– Olha, Miika, a Aurora Boreal!

E Miika se apoiou nas patas traseiras no bolso de Nikolas, e olhou pra o alto, e viu a vastidão do céu cheio de luz misteriosa, fantasmagórica, linda. Para ser honesto, Miika nem se importava.

Beleza não é coisa que desperte o interesse de um rato, a menos que seja a beleza do amarelo cremoso ou dos veios azuis de um bom pedaço de queijo. Então, assim que pôs a cabeça para fora do bolso de Nikolas e espiou, Miika voltou para dentro.

– Não é maravilhoso? – comentou Nikolas olhando para a aurora, que dava a impressão de que alguém salpicava um pó verde e brilhante no céu.

– Maravilhoso é o calor – disse Miika.

Quando o sol nasceu, eles chegaram ao topo da montanha. E, embora o céu fosse azul e a Autora Boreal houvesse desaparecido, ainda havia o brilho. Só que agora era lá embaixo, no vale, além da montanha. E essa aurora não tinha só todos os tons de verde, tinha todas as cores do arco-íris. Nikolas olhou o mapa, tentando reconhecer alguma coisa na paisagem. Além da montanha, era lá

que deveria estar a Vila dos Duendes, mas não havia nada além de uma planície coberta de neve se estendendo até o horizonte. Na verdade, não. Havia algumas colinas ao longe, a Noroeste, com pinheiros altos, mas nenhum outro sinal de vida.

Eles continuaram andando em linha reta para o Norte, para as luzes coloridas, descendo a montanha, atravessando o ar cheio de luz.

Era incrível como o entusiasmo de Nikolas desapareceu depressa. No topo da montanha, tudo parecia possível, mas agora, andando pela neve espessa, estava ficando preocupado de novo.

– Eu devo estar ficando maluco – disse Nikolas. A fome começava a doer, como se tivesse alguma coisa viva, rosnando e se mexendo dentro de seu estômago. Ele puxou o chapéu do pai sobre as orelhas. Eles andavam pela neve, que começava a ficar um pouco menos densa, mas ainda era pesada, e se moviam pelo ar vermelho, amarelo, verde e roxo. E Nikolas também sentia que havia alguma coisa errada com Blitzen. Ele andava cada vez mais devagar e mantinha a cabeça tão baixa que Nikolas não conseguia ver seus chifres.

– Você precisa dormir, eu preciso dormir – disse Nikolas. – Temos que parar.

Mas Blitzen não parava. Continuou andando com passos incertos, até que os joelhos dobraram e ele caiu na neve.

Pum.

Nikolas ficou preso embaixo dele. E Blitzen, uma das maiores renas que já existiu, era pesado. Miika saiu do bolso de Nikolas e correu pela neve, deu a volta em Blitzen e arranhou seu focinho, tentando acordá-lo.

– Blitzen! Acorda! Está em cima da minha perna! – gritou Nikolas.

Mas Blitzen não acordava.

Nikolas sentia que a perna era esmagada. A dor pulsava a partir do tornozelo, espalhando-se pelo corpo até não haver mais nada em que pensar. Só dor. Ele tentou empurrar as costas de Blitzen e puxar a perna na neve. Se não estivesse tão fraco e faminto, Nikolas talvez tivesse conseguido se soltar. Mas Blitzen ficava cada vez mais pesado e mais frio.

– Blitzen! – gritou Nikolas. – Blitzen!

Ele percebeu que poderia morrer ali, e ninguém saberia ou se importaria. O pavor provocou em Nikolas um novo tipo de arrepio gelado, enquanto as luzes estranhas continuavam se movendo e mudando no ar em torno dele. Vermelho, amarelo, azul, verde, roxo.

– Miika, vá... acho que estou preso aqui... Continue... Vá...

Miika olhou em volta preocupado, e então ele viu alguma coisa. Algo que os olhos humanos de Nikolas não podiam enxergar.

– O que foi, Miika?

Miika guinchou uma resposta que Nikolas não entendeu.

– Queijo – disse Miika. – Sinto cheiro de queijo!

É claro que não havia queijo nenhum à vista, mas isso não deteve Miika. Se você acredita em alguma coisa, não precisa vê-la.

E o rato correu e continuou correndo. A neve, embora densa, era leve e fofa, espalhada pelo chão de maneira uniforme, e Miika se movia depressa por ela em direção ao Norte. Nikolas viu seu amigo rato se tornar um ponto e desaparecer completamente.

– Adeus, meu amigo, boa sorte!

Ele levantou a mão para acenar. Seus dedos estavam tão frios que tinham ficado roxos. Sentia como se os tivesse queimado. O estômago doía de cãibra. A perna, espremida sob o peso de uma rena e o peso do mundo, causava sofrimento. Ele fechou os olhos e imaginou um grande banquete. Presunto, biscoito de gengibre, chocolate, bolo, torta de mirtilo.

Nikolas ficou deitado na neve e sentiu uma exaustão irresistível, como se a vida também o abandonasse.

Miika tinha sumido. E Nikolas se sentia tão mal que disse algo igualmente horrível. A pior coisa que alguém pode dizer. (Feche os olhos e os ouvidos, especialmente se você for um duende.)

– Não existe magia – sussurrou delirante.

E, depois disso, tudo escureceu.

Pai Topo e a pequena Noosh

Havia vozes na escuridão...

– Kabeecha liska! Kabeecha tikki! – disse uma delas. Era uma voz estranha. Fraca, rápida e aguda. Uma voz de menina, talvez.

– Ta huuure. Ahtauma loska es nuoska, Noosh. – Essa segunda voz era mais lenta e mais profunda, mas ainda estranha. Quase como se cantasse.

Estava morto?

Bom, não. Não completamente. Mas também não estava vivo, e, se houvessem encontrado a ele e Blitzen um minuto mais tarde, teriam encontrado dois cadáveres.

A primeira coisa que Nikolas notou foi o calor.

Tinha a sensação de que uma espécie de calda quente era despejada nele, de dentro para fora. Ainda não sentia a mãozinha sobre seu coração, mas ouvia as vozes, mesmo que parecessem um milhão de quilômetros distantes.

– O que é isso, vovô? – perguntou a voz aguda, que agora, o que era ainda mais esquisito, Nikolas entendia perfeitamente, como se falasse seu idioma.

– É um menino, Noosh – respondeu a outra.

– Um menino? Mas ele é mais alto que você, vovô.

– Porque é um tipo especial de menino.

– Tipo especial? Que tipo?

– Ele é humano – anunciou a voz mais profunda cautelosa.

Uma exclamação contida.

– Um humano? Ele vai nos comer?

– Não.

– É melhor fugirmos?

– Não há nenhum perigo, tenho certeza disso. E, mesmo que não seja seguro, nunca devemos permitir que o medo nos guie.

– Olhe essas orelhas estranhas.

– Sim. É difícil se acostumar com orelhas humanas.

– Mas e quanto ao que aconteceu com...?

– Pequena Noosh, não é hora de pensar nisso. Devemos sempre ajudar quem está com problemas... mesmo que sejam humanos.

– Ele parece péssimo.

– Sim. Sim, parece. Por isso temos de fazer tudo que pudermos, Noosh.

– Está funcionando?

– Sim. – Havia na voz dele uma nota preocupada. – Acredito que sim. E na rena também.

Blitzen acordou e rolou o corpo para o lado lentamente, removendo o peso de cima de Nikolas, que agora piscava abrindo os olhos.

Nikolas sufocou um grito. Por um momento, não sabia onde estava. Depois viu as duas criaturas e conteve outro grito, porque é isso que você faz quando vê duendes.

Os dois duendes eram baixinhos, como os duendes costumam ser, embora um fosse mais alto que o outro. Nikolas viu que o menor era uma menina duende. Tinha cabelo preto e pele mais branca que a neve, bochechas angulosas, orelhas pontudas e olhos grandes meio separados. Ela usava uma túnica verde-escuro com um toque de marrom que não parecia muito quente, mas ela não parecia sentir frio. O duende maior e mais velho vestia uma túnica da mesma cor com um cinto vermelho. Tinha um longo bigode branco, cabelo branco e ar sério, mas bondoso. Seus olhos brilhavam como gelo iluminado pelo sol da manhã.

– Quem são vocês? – perguntou Nikolas. Mas na verdade queria saber "o quê", em vez de "quem".

– Sou a Pequena Noosh – disse a Pequena Noosh. – Qual é seu nome?

– Nikolas.

– E eu sou o Pai Topo, avô de Noosh – disse o outro duende, que olhava em volta para ver se alguém os observava. – Bem, tatara-tatara-tatara-tatara-avô, para ser bem específico. Somos duendes.

Duendes!

– Eu morri? – perguntou Nikolas, e a pergunta era muito boba, considerando que, pela primeira vez em semanas, conseguia sentir um calor correr nas veias e a empolgação vibrar no peito.

– Não. Você não morreu – disse Pai Topo. – Apesar do esforço que fez para isso! Está bem vivo, felizmente o encontramos.

Nikolas estava confuso.

– Mas... não sinto frio. Nem fraqueza.

– Vovô usou um pouco de magia – contou a pequena Noosh.

– Magia?

– Só um criassonho bem pequeno.

– Criassonho? O que é isso?

A pequena Noosh olhou para Nikolas, depois para o avô, e para Nikolas de novo.

– Não sabe o que é um criassonho? – disse.

Pai Topo olhou para a menininha duende.

– Ele é do outro lado da montanha. Não existe muita magia no mundo dos humanos. – Ele sorriu para Nikolas e Blitzen. – Um criassonho é um encantamento de esperança. Você só tem que fechar os olhos e desejar alguma coisa, e, se desejar do jeito certo, pode fazer acontecer. É um dos encantamentos mais antigos, faz parte do primeiro *Livro de esperança e fascínio*.

É um livro de duendes sobre magia. Pus a mão em você e na sua amiga rena e desejei que ficassem aquecidos, fortes, e que estivessem sempre seguros.

– Sempre seguros? – repetiu Nikolas, confuso, enquanto Blitzen lambia sua orelha. – Isso é impossível.

A pequena Noosh deu um gritinho assustado, e Pai Topo tampou as orelhas.

– Duendes nunca dizem essa palavra. – Ele balançou a cabeça. – Uma impossibilidade é só uma possibilidade que você ainda não entendeu... mas, agora, precisa sair da Vila dos Duendes – disse Pai Topo. – E tem que ir embora depressa.

– A Vila dos Duendes? – perguntou Nikolas. – Mas eu nem estou lá.

A Pequena Noosh riu, uma longa risada de duende (que é muito comprida, realmente). Pai Topo olhou para ela muito sério.

– Qual é a graça? – perguntou Nikolas, pensando que, mesmo que você tenha salvado a vida de alguém, ainda é muito grosseiro rir da pessoa.

– Estamos na Rua das Sete Curvas – disse a Pequena Noosh com uma risadinha.

– Quê? Isso nem é uma rua. Isso aqui é o meio do nada. Só tem neve. E... sei lá... cores.

A Pequena Noosh olhou para Pai Topo.

– Fale para ele, vovô, fale para ele.

Pai Topo olhou em volta para ter certeza de que ninguém os observava e explicou depressa:

– Esta é a rua mais comprida da vila. Estamos na área Sudeste. A rua vai fazendo curvas em direção ao Oeste até as Colinas do Bosque, além dos limites da vila.

– Colinas do Bosque? – repetiu Nikolas. – Mas não consigo ver nada. Só cores no ar.

– E daquele lado ficam o Lago Prateado e o Campo da Rena, e todas as lojas na Rua do Campo da Rena – apontou a Pequena Noosh na direção Norte, pulando sem sair do lugar.

– Lago? Que lago?

– E ali fica a prefeitura – continuou ela, apontando para o outro lado e para nada em particular.

Nikolas não entendia. Ele se levantou.

– Do que está falando?

– Ele é cego? – perguntou a Pequena Noosh.

Pai Topo olhou para Nikolas, depois para a Pequena Noosh. Em voz baixa, disse:

– Para ver alguma coisa, você tem que acreditar nela. Acreditar de verdade. Essa é a primeira regra do duende. Você não pode ver alguma coisa em que não acredita. Agora faça um esforço e tente enxergar o que estava procurando.

A Vila dos Duendes

ikolas olhou em volta e, lentamente, as centenas de cores que flutuavam no ar foram se tornando menos sobrenaturais e mais reais. Mais intensas, nítidas e sólidas. Nikolas viu as cores, que antes flutuavam soltas no ar como gás, formar linhas e contornos. Quadrados, triângulos, retângulos. Ruas, prédios, uma cidade inteira aparecendo do nada. A Vila dos Duendes. Estavam em uma rua cheia de cabanas verdes. Havia outra rua, maior, uma transversal que vinha do Leste. Nikolas olhou para o chão. Ainda havia neve. Isso não mudou. Ele olhou para a rua mais larga, que seguia em direção ao Norte na frente dele. Dos dois lados da rua havia construções, estruturas de madeira com telhados cobertos de neve. Nikolas viu que um dos edifícios tinha um enorme tamanco de madeira pendurado do lado de fora. Outro tinha um pião pintado em uma placa. Uma loja de brinquedos, talvez. Além disso tudo ficava o lago que Noosh mencionou, como um enorme espelho oval bem ao lado de um campo cheio de renas. Blitzen também tinha notado e olhava para lá com interesse.

A Oeste, antes das Colinas do Bosque, havia uma grande torre redonda apontando para o céu. Diretamente ao Norte ficava o lugar que a Pequena Noosh mostrou: a prefeitura, feita de madeira escura, quase preta. Era, de longe, o maior prédio da vila. Não tão alto quanto a torre (tinha só dois andares), mas era largo e tinha umas vinte janelas, que brilhavam iluminadas. Nikolas ouvia vozes cantando e sentia um cheiro doce e maravilhoso vindo da direção da prefeitura. Um cheiro que não sentia em mais de um ano. Biscoito de gengibre. E o cheiro era ainda melhor que aquele que sentia na frente da padaria em Kristiinankaupunki.

– Uau. Meu pai tinha razão, é exatamente como ele descreveu.

– Gosto do seu chapéu – disse a Pequena Noosh.

– Obrigado – respondeu Nikolas. Ele tirou o chapéu e o examinou. – É do meu pai. Ele estava em uma expedição para cá. Eu queria saber se ele conseguiu chegar. Havia mais seis homens. Ele foi chamado...

Mas a Pequena Noosh o interrompeu animada.

– Vermelho é minha cor favorita! Depois do verde. E do amarelo. Gosto de todas as cores, na verdade. Menos roxo. Roxo me faz ter pensamentos tristes. Nós moramos ali – ela disse, apontando para uma cabana vermelha e verde não muito longe de onde estavam.

– É maravilhoso – disse Nikolas –, mas também queria saber se viram um alce.

– Sim! – gritou a pequena Noosh. Pai Topo cobriu sua boca com a mão rapidamente.

– Muito bem, criança humana, agora que já viu a vila, é melhor pegar sua rena e ir embora – disse Pai Topo. – O que quer que esteja procurando, não está aqui.

Blitzen bateu com o focinho no ombro de Nikolas como se entendesse a nova urgência na voz do Pai Topo, mas Nikolas continuou onde estava.

– Vim procurar meu pai – disse ele. – Viajei mais de mil e quinhentos quilômetros. Blitzen e eu não vamos simplesmente virar e voltar.

O velho duende balançou a cabeça.

– Lamento. Não é sensato um humano ficar aqui. Você precisa voltar para o Sul. É para o seu bem.

Nikolas encarou Pai Topo e suplicou:

– Meu pai é tudo que tenho. Preciso saber se ele conseguiu chegar aqui.

– Ele pode ser nosso bichinho de estimação! – sugeriu a Pequena Noosh.

Pai Topo bateu de leve na cabeça da menina duende.

– Acho que humanos não gostam de ser bichinhos de estimação, Pequena Noosh.

– Por favor, eu vim em paz. Só quero saber o que aconteceu com meu pai.

Pai Topo pensou um pouco.

– Bem, considerando a época, suponho que pode haver uma chance de você ser acolhido.

Isso animou a Pequena Noosh.

– Vamos levá-lo para a prefeitura!

– Não vou causar nenhum problema. Prometo – disse Nikolas.

Pai Topo deu uma olhada rápida para a torre alta e circular a Oeste.

– Problemas nem sempre precisam ser causados. Às vezes, eles já existem.

Nikolas nem imaginava o que isso queria dizer, mas seguiu os duendes, que andavam com seus tamancos em direção ao prédio de madeira além do lado. Eles seguiram pela rua larga das lojas, passaram por uma placa que anunciava apenas "Via Principal" e pela loja de tamancos, por uma padaria com janelas enfumaçadas e uma loja de trenós e brinquedos onde havia um cartaz anunciando aulas na Escola de Direção de Trenós.

Ele também passou por um edifício torto de ladrilhos pretos, com janelas feitas de gelo. A placa do lado de fora anunciava: *Diário da Neve*.

– O principal jornal duende – explicou Pai Topo. – Cheio de medo e bobagens.

Havia cópias gratuitas do jornal empilhadas do lado de fora.

"PEQUENO KIP CONTINUA DESAPARECIDO", anunciava a manchete, e Nikolas se perguntou quem seria o Pequeno Kip. Ia perguntar, mas, apesar de pequenos, os duendes andavam depressa e já estavam bem lá na frente. Ele e Blitzen tinham de se esforçar para acompanhá-los.

– Que prédio é aquele? – perguntou. – A torre alta?

– Olha ali – disse Pai Topo, mudando de assunto. – Aquele é o Polo Norte. – E apontou para uma vareta fina e verde que brotava do chão.

A Pequena Noosh perguntou:

– Será que o Pai Vodol vai ser bonzinho?

ÚLTIMA MODA EM TAMANCOS

PREÇO 2 MOEDAS DE CHOCOLATE

DIÁRIO DA NEVE

O JORNAL FAVORITO DE TODOS OS DUENDES

PEQUENO KIP CONTINUA DESAPARECIDO

If its not [illegible] its another [illegible] last [illegible] it was the [illegible] then the [illegible] that it was [illegible] [illegible]

Then the forest [illegible] and now the little kid has been missing now [illegible] three weeks and his parents and family are devastated [illegible] [illegible]

Among [illegible] [illegible] contact [illegible] little Kip was last seen in his little brown [illegible] and [illegible] [illegible] late at night [illegible] [illegible]

GRIPE DA RENA ATINGE A VILA

[illegible] if its not [illegible] its another [illegible] last year [illegible] the same [illegible] before [illegible] [illegible]

Reindeer infection specialist doctor [illegible] von [illegible] has [illegible] [illegible] on all [illegible] [illegible]

Classified advertisements [illegible] school exam results up to date weather forecast.

RAÍZES DE PINHEIRO PROVOCAM TUMULTO NA PREFEITURA

After three more weeks of underground [illegible] work pine growth appears to be at the root (no pun intended) of the village hall sewage problems. Elf build will be [illegible] the necessary work [illegible]

– Acho que vai dar tudo certo – respondeu o velho duende. – Francamente, Pequena Noosh. Nós, duendes, somos bonzinhos e acolhedores. Bem, éramos. Até o Pai Vodol sabe que...

Nikolas estava confuso.

– Hã... Pai Tipo?

– Topo – corrigiu o velho duende.

– Desculpa, Pai Topo. Só queria perguntar se...

– Pronto, Blitzen! – exclamou a Pequena Noosh.

Tinham chegado ao lago transparente e gelado. Além dele ficava o campo onde outras sete renas ruminavam satisfeitas o líquen das árvores.

– Sabe se meu pai...

Pai Topo o ignorou e chamou as renas.

– Queridinhas, venham aqui! Chegou um novo amigo.

Enquanto isso, a Pequena Noosh voltava a falar de suas cores favoritas.

– Gosto de índigo. É muito mais bonito que roxo. E vermelho. E turquesa. E magenta.

Blitzen parou atrás de Nikolas e cutucou seu ombro com o focinho.

– Ele é meio antissocial – explicou Nikolas ao Pai Topo.

Mas uma das renas, uma fêmea, aproximou-se e deu um presente a Blitzen, um pouco de grama. Por um momento, Nikolas pensou ter visto as patas dela deixar o chão; apareceu um vão entre o fim do corpo da rena e o começo de sua sombra. Mas podia ter só imaginado esse efeito.

– Ah, essa é a Donner – disse a Pequena Noosh –, a mais boazinha de todas. – E ela apontou as outras renas. – E lá estão Cometa, com a faixa branca nas costas, e Sapateador, que é muito divertido e está ali pulando com Cupido. Cupido lambe sua mão, se você deixar. Ah e... e... a preta, aquela é a velha Megera, ela é meio rabugenta, e ali está o Dançarino, e o Corredor, que é o mais veloz do bando.

– Você está bem, rapaz? – perguntou Nikolas a Blitzen, mas Blitzen já tinha se afastado e fazia novas amizades. Nikolas notou que o ferimento na pata de Blitzen havia cicatrizado.

Blitzen começou a pastar tranquilamente, e eles seguiram em frente, passaram para uma placa apontando para o Oeste, para as "Colinas do Bosque Onde Vivem as *Pixies*". A música ficou mais alta, o cheiro de biscoito de gengibre ficou mais forte, e uma sensação de medo misturou-se a uma estranha empolgação, até alcançarem a porta da velha prefeitura.

– Ah, e sabe que dia é hoje, não sabe? – perguntou Pai Topo com um sorriso nervoso.

– Não. Não sei nem o mês!

– Hoje é vinte e três de dezembro! Faltam dois dias para o Natal. Esta é nossa festa de Natal. A única festa que podemos fazer agora. Mas não é tão boa quanto costumava ser antes, porque agora é proibido dançar.

Nikolas não conseguia acreditar que estava fora de casa há tanto tempo, mas havia coisas em que era ainda mais difícil acreditar, como ele estava prestes a descobrir.

O mistério do Pequeno Kip

Se você fosse um menino de onze anos com altura suficiente, como Nikolas, teria que se abaixar para passar pela porta da prefeitura da vila. Mas, depois que entrou, Nikolas ficou chocado com o que viu. Havia sete mesas de madeira muito compridas, e havia duendes sentados em volta delas. Centenas de duendes. Havia duendes pequenos e duendes nem tão pequenos. Havia duendes crianças e duendes adultos. Magros, gordos, mais ou menos.

Ele sempre havia imaginado que ver os duendes seria a coisa mais feliz do mundo, mas o clima ali era muito infeliz. Os duendes eram divididos de acordo com a cor da túnica.

– Eu sou um túnica verde – disse Pai Topo. – Isso significa que sento à mesa principal. Os túnicas verdes são membros do Conselho Duende. Os túnicas azuis são os duendes que têm alguma especialidade, como fabricar brinquedos, construir trenós ou fazer biscoito de gengibre. Os túnicas marrons são duendes sem nenhuma especialidade. Antes não era assim. Antes de Pai Vodol, sentávamos todos juntos. Isso era o que significava ser duende. União, proximidade.

– Quem é Pai Vodol?

– Psiu! Fale baixo. Ele vai ouvir.

Quando Nikolas imaginava um Natal de duendes, sempre pensava que haveria canto e muitas coisas doces para comer. E havia coisas doces para comer, tudo ali cheirava a canela e biscoito de gengibre, mas os duendes pareciam não estar gostando muito da comida. Também havia canto, mas os duendes cantavam com as vozes mais tristes que se pode imaginar, apesar da letra feliz:

Os problemas vêm e vão,
Chegam e derretem como a neve.
Mas, enquanto se pode sorrir e cantar,
Problemas nada vão significar.
Porque podemos festejar e rimar,
E ficar felizes, porque o Natal já vai chegar!

Mas ninguém estava feliz. Todos os rostos eram tristes ou carrancudos. Nikolas se sentiu incomodado. Ele cochichou para Pai Topo:

– Qual é o problema? Por que eles parecem tão infelizes?

Antes que Topo pudesse responder, sua tatara-tatara-tatara-tatara-neta mostrou que nem todos os duendes estavam infelizes. Ela já gritava de alegria:

– É quase Natal!

Houve um silêncio, e o ar ficou mais tenso, como se toda a sala prendesse a respiração. Todos os duendes agora tinham notado a presença deles e olhavam para Nikolas.

Pai Topo pigarreou.

– Olá, duendes! Parece que temos um convidado especial que chegou bem a tempo para o Natal! E, como é tempo de Natal, devemos ser bons uns com os outros, e acho que devemos todos mostrar a boa e velha hospitalidade duende, mesmo que ele seja um humano.

Os duendes deixaram escapar exclamações de espanto ao ouvir essa palavra.

– Um humano! – gritou um deles. – Mas e as Novas Regras? – Esse duende, que vestia uma túnica azul, tinha uma barba estranha. Era listrada. Ele apontava para um cartaz rasgado do *Diário da Neve* colado à parede. O cartaz anunciava: "AS NOVAS REGRAS DOS DUENDES". E fornecia uma lista.

Nikolas se obrigou a sorrir e acenou, mas a resposta foi um silêncio constrangido, e só uma criança duende acenou de volta. Alguns duendes velhos resmungaram. Não fazia sentido. Os duendes não eram simpáticos? Toda vez que Nikolas imaginou um duende, sempre o viu como uma criatura feliz, sorrindo, dançando, fazendo brinquedos e oferecendo biscoitos de gengibre. Certamente era isso que seu pai contava. Mas as histórias podiam não corresponder aos fatos, talvez. Estes duendes só olhavam para ele sérios, sem dizer nada. Nunca pensou que encarar alguém de cara feia fosse uma parte tão importante de ser um duende.

– É melhor eu ir embora? – perguntou Nikolas, incomodado.

– Não. Não, não, não. Não. NÃO – disse a Pequena Noosh. E para ser bem clara: – Não.

Pai Topo balançou a cabeça.

– Não é necessário. Pode sentar conosco. Vamos achar lugares vagos na mesa principal.

Todo o salão ficou em silêncio, ouvindo os tamancos do Pai Topo bater no assoalho de ladrilhos enquanto os três percorriam todo o comprimento da sala. Estava bem escuro, só havia cinco tochas acesas em cada parede, mas Nikolas teria preferido que estivesse ainda mais escuro, de forma que ninguém o pudesse ver. Na verdade, queria nem estar ali, embora a comida sobre cada mesa fosse um atrativo para um menino que não comia mais que cogumelos e, de vez em quando, amoras silvestres e um ou outro arando-vermelho há semanas.

Biscoito de gengibre.

Sopa doce de ameixa.

Pastéis de geleia.

Torta de mirtilo.

A Pequena Noosh segurou a mão de Nikolas. A mão dela era pequena, mas os dedos eram longos e finos, com unhas miúdas e pontiagudas. Como muitos duendes jovens, ela reconhecia a bondade quando a via. Não tinha dúvida de que, apesar de ser humano e ter orelhas humanas, Nikolas era alguém de quem não precisava ter medo. Ela o levou até uma cadeira. Metade dos duendes na mesa saiu horrorizada quando o viu aproximar-se, o que significava que agora havia muitos assentos vazios entre os quais escolher. Nikolas sentou-se ao lado da Pequena Noosh e, ao ver tanta comida gostosa, esqueceu momentaneamente todos aqueles duendes olhando para ele, pegou uma tigela de sopa de ameixa no centro da mesa e bebeu tudo de uma vez só, depois enfiou quatro pastéis de geleia na boca, e já começava a comer um biscoito de gengibre quando notou uma duende mulher do outro lado, balançando a cabeça com ar de reprovação.

A duende tinha cabelo loiro e brilhante preso em duas tranças que partiam dos dois lados da cabeça e se mantinham perfeitamente esticadas em sentido horizontal, duas linhas retas.

– Não queremos gente do seu tipo aqui – sibilou ela. – Não depois da última vez.

– Mas ele é bom! – disse a Pequena Noosh. – Ele usa um chapéu vermelho. Ninguém que usa um chapéu vermelho pode ser uma pessoa ruim! Vermelho é a cor da vida, do amor e do pôr do sol.

– Última vez? – perguntou Nikolas.

– Deixe o menino em paz, Mãe Ri-Ri – disse Pai Topo. – Ele não tem nenhuma má intenção.

– Má intenção? Má intenção? Má intenção! É claro que não tem má intenção. Pergunte ao Pequeno Kip se ele não tem má intenção... Ele é humano. Todos os humanos são mal intencionados.

Um duende de rosto solene sentado em outra mesa declarou:

– Pai Vodol não vai gostar disso.

Pai Topo refletiu:

– Isso pode ser verdade, Pai Dorin, mas somos duendes bons. – Ele suspirou.

Nikolas estava confuso.

– Quem é o Pequeno Kip? – perguntou, lembrando a manchete do *Diário da Neve*.

E, quando ele disse as palavras "Pequeno Kip", os outros duendes à mesa pararam de comer.

– Provavelmente, é melhor não falar nada – aconselhou o Pai Topo.

– Posso perguntar só mais uma coisa? – insistiu Nikolas.

– No seu lugar, eu terminaria de comer, e depois, provavelmente, seria melhor se nós...

Antes que Pai Topo pudesse terminar a frase, outro duende se dirigiu à mesa. Este era o mais alto de todos, mas ainda era só do tamanho de Nikolas quando ele estava sentado. Tinha um nariz comprido e pontudo e uma barba preta que alcançava quase os joelhos, cobrindo a túnica, e o rosto contraído e desagradável sugeria alguém que estava sempre contra um vento forte e gelado. Ele segurava um cajado de madeira preta. Todos os duendes que ainda estavam sentados em volta da mesa desviaram o olhar, ou abaixaram a cabeça, ou brincaram com a comida de um jeito nervoso.

– Chega de cantar! – disse ele para o salão. – Cantar provoca alegria, e alegria conduz à tolice. Já falei. E aqui está – ele apontou para Nikolas – o porquê.

Nikolas parou de comer e encarou o duende carrancudo de barba preta. Seu coração disparou, e uma sensação gelada de medo o inundou.

As novas regras dos duendes

1. Conhecer seu lugar.
2. Não fazer danças divertidas.
3. Não brincar com brinquedos em público.
4. Não brincar com piões em particular OU em público.
5. Evitar alegria e animação sempre.
6. Preocupar-se mais.
7. Resistir à boa vontade.
8. Pôr o próprio interesse acima do dos outros.
9. Não falar com pixies, trolls ou outros não duendes.
10. Nunca, em nenhuma circunstância, deixar um humano entrar na vila.

Um encontro desagradável

h, Pai Vodol! – disse Pai Topo. – Que maravilhosa festa de Natal. Você, como líder do Conselho Duende, fez muito bem em organizá-la para...

– Esqueça o Natal! – interrompeu Pai Vodol.

O salão todo ficou em completo silêncio. E depois Pai Vodol falou novamente, agora com um tom de ameaça silenciosa.

– Pai Topo, preciso falar com você e com o humano. Na Sala do Conselho. Agora.

– Sala do Conselho?

O duende levantou o cajado e apontou para a escada.

– Agora, Pai Topo. Sem demora. Rápido como uma rena.

Pai Topo concordou balançando a cabeça. Depois disse à Pequena Noosh para esperar por ele e chamou Nikolas para acompanhá-lo. Nikolas obedeceu, mas sentiu-se meio ridículo quando teve de se abaixar para subir a escada no fundo do salão até um andar com teto muito baixo, com vigas de madeira ainda mais baixas.

Nikolas seguiu os duendes e passou por dois outros vestidos de preto. Eram homens, mas não tinham barba. Eles guardavam a porta onde havia uma identificação: "Sala do Conselho". Então, Nikolas entrou em uma sala para a qual era um pouco alto demais. Havia uma mesa comprida com vinte cadeiras em volta dela. Cada cadeira tinha um nome gravado.

– Feche a porta – disse Pai Vodol, antes de se dirigir a Pai Topo. – Não estava na última reunião, Pai Topo? – perguntou, apontando para a cadeira que tinha o nome dele gravado.

– Sim, sim, estava.

– Então, sabe quais são as novas regras dos duendes. Nenhum humano deve ser trazido aqui.

– Bem, eu não o trouxe. Eu o encontrei. Ele e sua rena, que estava desacordada. Ambos a um suspiro da morte, por isso eu... eu...

Pai Topo ficou nervoso, e Pai Vodol olhou intensamente para os tamancos do duende. Um segundo depois, o duende de barba branca estava fora do chão, flutuando no ar.

– Você o quê? – perguntou Pai Vodol.

Nikolas percebeu que Pai Topo arfava como se estivesse sem ar, embora Pai Vodol não estivesse nem perto dele. Pai Topo virou de cabeça para baixo, e agora subia em direção ao teto, sem nada que o sustentasse. Biscoitos caíram de seus bolsos. O bigode caiu dos dois lados do nariz.

– Por favor – pediu Nikolas. – Ele não tem culpa. Só estava tentando... – E Nikolas parou de falar, porque sua boca se fechou. Não conseguia mover os lábios nem a mandíbula. Pai Vodol podia ser baixinho, mas sua magia era forte.

– Fiz um pequeno encantamento de esperança – falou Pai Topo.

Pai Vodol ficou vermelho de raiva.

– Um criassonho? Em um humano?

O elfo de cabeça para baixo fez que sim com a cabeça.

– Sim, Pai Vodol. Desculpe. Mas era o único jeito de salvá-lo. E criassonho só funciona com quem é bom, por isso achei que era seguro. E a Pequena Noosh estava comigo. Que tipo de exemplo eu teria dado se o deixasse morrer ali, bem na frente dela?

Pai Vodol tremia de raiva.

– Sabe o que isso significa? Você sabe que deu ao humano dons que ele não deveria ter. Suponho que tenha contado à Pequena Noosh o que aconteceu com o Pequeno Kip!

Nikolas tentava falar, mas o queixo continuava travado, e a língua permanecia imóvel como um peixe morto dentro de sua boca.

– Não. Não quis assustá-la. Quero que ela acredite no melhor das pessoas. Mesmo que sejam humanos. Ela vê o bem em...

A pele de Pai Vodol acima da barba foi ficando cada vez mais vermelha, como um sol se pondo atrás de um arbusto de espinhos. A mobília tremeu, como se toda a sala compartilhasse da fúria de Pai Vodol.

– Nossos poderes não são para os humanos.

– Por favor – pediu Pai Topo. – Vamos lembrar como as coisas costumavam ser. Antes... Somos duendes. Usamos nossos poderes para o bem. Você se lembra de quando seu jornal tinha apenas boas notícias?

Pai Vodol riu.

– Isso é verdade. O *Diário da Neve* era cheio de boas notícias.. Mas boas notícias não vendem jornal.

– Mas o bem é bom!

Pai Vodol balançou a cabeça para dizer que estava de acordo.

– Não discordo, Pai Topo. Devemos, de fato, usar nossos poderes para o bem. E é por isso que temos de mandar uma mensagem clara: não é mais permitida a entrada de nenhum forasteiro aqui. Devemos ter força de propósito e unidade. A sorte da nossa comunidade é que ninguém aqui tem uma vontade mais forte que a do Detentor do Cajado, que sou eu. Fui eleito democraticamente para governar a vila como achar que devo.

Pai Topo, que ainda se debatia no ar, arquejou.

– Para ser justo, Pai Vodol, ser o proprietário do *Diário da Neve* ajudou muito. O jornal o apoiou na eleição.

– Saia! – disse Pai Vodol.

Foi como se a força de vontade de Pai Vodol arremessasse o pobre Pai Topo pela janela. Nikolas ouviu o estrondo e correu para ver o duende cair no lago do lado de fora do prédio. Tentou gritar para saber se o novo amigo estava bem, mas sua boca continuava fechada.

– Agora, humano, quero saber por que veio – disse Pai Vodol.

Nikolas olhou para o furioso duende de barba preta. Sentiu o queixo esquentar, amolecer e destravar. A língua ganhou vida outra vez.

– Eu queria ir ao Extremo Norte. Queria encontrar...

– O quê? – Pai Vodol pôs a mão no bolso e pegou um rato. – Este rato?

Miika olhou apavorado para Nikolas.

– Miika, você está bem?

– Não se preocupe, os ratos são bem-vindos aqui. Ratos não podem nos fazer nenhum mal...

Pai Vodol gritou de dor. Miika o havia mordido.

Ele então pulou da mão de Pai Vodol e correu para Nikolas. Nikolas pegou Miika e o guardou no bolso, em segurança.

– Pronto, já tem o que veio buscar. Agora vá. Desapareça da minha frente.

– Não. Não. Vim procurar meu pai – anunciou Nikolas.

O duende arregalou os olhos.

– E por que achou que ele estaria aqui? – perguntou com tom sombrio.

– Porque ele veio para o Extremo Norte. Ele sempre me disse que vocês existiam. Os duendes, quero dizer. E acreditava em vocês. E eu tentava acreditar também. Enfim, ele vinha nesta direção com alguns outros para encontrar provas de que vocês existem... – Nikolas ouviu a própria voz tremer. Poderia se desmanchar, como biscoito de gengibre. – Mas não sei se ele conseguiu chegar aqui.

O duende coçou a barba.

– Hum. Interessante. – A voz dele agora era mais branda. Ele quebrou o canto do telhado de uma casinha de biscoito de gengibre que estava em cima da mesa e comeu. Depois se aproximou. Até sorriu de um jeito curioso. – Descreva seu pai. Como ele é?

– Alto. Tem quase o dobro do meu tamanho. E forte, porque ele é lenhador. E ele usa roupas coloridas e meio rasgadas, e tem um trenó, um machado e...

Pai Vodol arregalou os olhos.

– Só por curiosidade, diga-me: quantos dedos seu pai tem?

– Nove e meio – respondeu Nikolas.

Pai Vodol sorriu.

– Você o viu? Ele ainda está vivo? – perguntou Nikolas, desesperado.

Pai Vodol levantou a mão com que segurava o cajado. Nikolas viu a mesa se erguer do chão, junto com as cadeiras, e depois tudo caiu de volta, abriu o assoalho e despencou no salão lá embaixo, onde os duendes ainda comiam seu banquete de Natal. Mesa e cadeiras por pouco não acertaram alguém, e se espatifaram no chão lá embaixo.

Chocados, todos os duendes viram Nikolas e Pai Vodol, que agora erguia a voz para ser ouvido por todos, ainda na Sala do Conselho.

– Então, vamos ver se entendi isso direito. SEU PAI É JOEL, O LENHADOR?

Nikolas não tinha nada a dizer além da verdade.

– Sim.

Os duendes lá embaixo ficaram ainda mais chocados, e todos começaram a falar.

– O pai dele é Joel, o Lenhador!

– O pai dele é Joel, o Lenhador!

– O pai dele é Joel, o Lenhador!

Por um momento, Nikolas esqueceu que podia estar encrencado.

– Meu pai chegou aqui? Ele chegou ao Extremo Norte, então? À Vila dos Duendes? Você o conheceu? Ele está... ainda está aqui?

Pai Vodol deu a volta no buraco que tinha aberto no chão e se aproximou muito, o suficiente para Nikolas sentir em seu hálito o cheiro de alcaçuz e ver uma cicatriz embaixo da barba.

– Oh, sim, ele esteve aqui. Era um deles.

– Como assim, um deles? O que fez com ele?

Pai Vodol inspirou profundamente. Fechou os olhos. Sua testa borbulhou e ondulou como água batida pelo vento. E então ele fez uma de suas coisas favoritas. Fez um Grande Discurso. E foi assim:

– Oh, eu fiz uma coisa. Confiei nele. Esse foi meu maior erro como líder do Conselho Duende. Dei ouvidos à boa vontade dos duendes que moram aqui. Mas eu sempre soube que boa vontade é só mais um nome para fraqueza. E boa vontade é produto da felicidade, por isso tenho me esforçado tanto nessas últimas semanas para aumentar a infelicidade. Infelicidade é muito subestimada. Especialmente entre os duendes. Durante mil anos, os duendes foram felizes e alegres. Faziam presentes para visitantes que nunca vieram aqui. Até construíram uma Torre de Boas-Vindas. Como fomos bobos! E, toda terça-feira, o líder do Conselho sentava e falava sobre Estratégias de Boas-Vindas. NUNCA HOUVE NINGUÉM PARA RECEBER AS BOAS-VINDAS!

Ele parou por um momento. Apontou para um entre vários retratos de duendes na parede. Um quadro de uma duende com um grande coque dourado no topo da cabeça e um sorriso largo e muito bondoso.

– Mãe Ivy – disse ele. – Ela era a líder do Conselho Duende antes de mim. Foi a líder por cento e sete anos. Seu lema era "Alegria e Boa Vontade para Todos"! Isso me revoltava. E não só eu... Cada vez mais, ao longo dos anos, os duendes começaram a perceber que era errado viver para outras pessoas. Então, eu me candidatei para a eleição. "Duendes pelos Duendes." Esse era meu lema. E fui eleito. Moleza. Mãe Ivy me desejou sucesso, é claro, e me deu um bolo de frutas e fez meias de flanela para mim. Eu dei a ela o cargo de Enviada da Paz na Floresta *Troll*, e ela foi devorada em uma semana. Comeram tudo, menos o pé esquerdo, por causa das horríveis joanetes. Pensando bem, acho que ela não era a pessoa certa para o cargo. Boazinha demais.

Ele suspirou profundamente e olhou para o quadro.

– Pobre Mãe Ivy. Mas o problema era que ela não entendia que outras criaturas não são como nós. Sabe como é, no fundo, os duendes sabem que são os melhores entre todas as espécies. Só precisavam de alguém que se destacasse e dissesse isso a eles.

Mas eu não consegui passar a mensagem completa. Não até que o Pequeno Kip foi raptado. Depois disso, mudei as coisas, e mudei tudo rapidamente. Tentei tornar os duendes mais infelizes, para o bem deles mesmos. Obriguei-os a usar túnicas de cores diferentes e a comer em mesas separadas. Proibi danças divertidas, baixei o salário-mínimo para três moedas de chocolate por semana e suspendi o uso de piões sem supervisão. Passava todos os dias tentando encontrar as manchetes mais assustadoras para o meu jornal, o *Diário da Neve*. Mudei até o lema de Mãe Ivy para "Rigor com a Boa Vontade, Rigor com os Casos de Boa Vontade". Fiquei orgulhoso disso. – Ele olhou para Nikolas, e seu sorriso se encurvou como o rabo de um gato. – E a primeira coisa que fiz foi proibir forasteiros e transformar a Torre das Boas-Vindas em uma prisão... Guardas! – gritou. – Levem o humano para a torre!

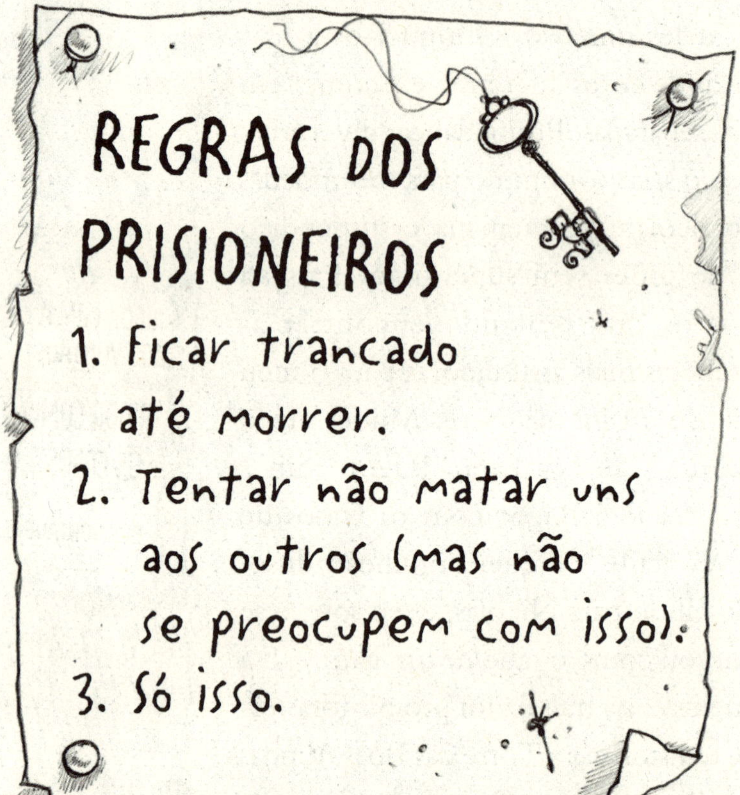

REGRAS DOS PRISIONEIROS

1. Ficar trancado até morrer.
2. Tentar não matar uns aos outros (mas não se preocupem com isso).
3. Só isso.

O troll e a Pixie Verdadeira

ikolas tinha visto a torre. Era o prédio alto e fino a Oeste da vila. Parecia ficar mais alta na medida que os guardas o empurravam para mais perto dela pelo caminho coberto de neve. Ele sentia Miika tremer junto do peito.

– A culpa disso é minha – cochichou o menino. – Você tem que fugir. Olhe. Ali. Aquelas colinas cheias de árvores atrás da torre. Corra para lá. Vá se esconder. Lá você vai estar seguro.

Miika olhou e farejou o ar, e notou que o ar que vinha daquela direção tinha um cheiro delicioso, meio parecido com queijo.

O guarda duende que estava mais perto deles apontou o machadinho para o garoto.

– Pare de falar!

Quando os dois guardas olharam para o outro lado, Nikolas tirou Miika do bolso e o pôs no chão.

– Vá, Miika. Agora!

A criaturinha correu para as Colinas do Bosque e para os chalezinhos lindos e amarelos com cheiro de queijo.

– Ei – disse um dos guardas, ameaçando correr atrás do roedor.

– Deixe-o! – ordenou Pai Vodol. – Podemos perder um rato, mas não um humano.

– Adeus, meu amigo.

– Silêncio! – gritou Pai Vodol. E dessa vez foi o medo, não a magia que fez Nikolas ficar de boca fechada. Nikolas nunca havia se sentido tão sozinho.

A torre – a prisão – era um lugar assustador. Porém, apesar de horrível, também havia coisas muito reconfortantes escritas nas paredes da escada de pedra, dos tempos que era a Torre das Boas-Vindas. Coisas como "Bem-vindo" e "Estranhos são só amigos com uma cara esquisita" e "Abrace um humano".

Um dos guardas duendes de túnica azul viu que Nikolas lia as inscrições.

– Nos tempos da Mãe Ivy, eu teria sido obrigado a fazer um biscoito de gengibre e mostrar minha dança engraçada, mas agora tenho permissão para cortar você em pedacinhos. Choro até dormir todas as noites, sinto-me morto por dentro, mas a sociedade está melhorando, definitivamente.

– Gosto mais de como era sua antiga sociedade.

– Era um erro. Cheia de amizade, felicidade e dança. Não tinha coisas importantes, como medo e antipatia por forasteiros. Pai Vodol nos fez ver como estávamos errados.

Depois de subir uma escada comprida, escura e cheia de curvas, Nikolas foi jogado na cela, bem no topo. Infelizmente, a torre era feita de pedra, não de madeira. Não tinha janelas, e as paredes eram cobertas de preto. O brilho pálido de uma tocha na parede ajudou Nikolas a ajustar os olhos à escuridão. Alguém enorme roncava embaixo de um cobertor em um cama bem pequena, e pelo canto do olho Nikolas viu um buraquinho preto no meio do teto. Os guardas bateram a porta, e o estrondo ecoou em Nikolas como medo.

– Ei! Deixem-me sair! Não fiz nada errado! – gritou Nikolas.

– Psiu! – O som de uma voz o fez pular de susto. Ele se virou, e ali, envolta em uma sombra tremulante, havia uma criatura de aparência animada, vestida de amarelo e sorrindo com ar inocente. Essa criatura não passava de um metro de altura, tinha orelhas pontudas, cabelos compridos e um rostinho angelical que parecia tão puro e delicado quanto um floco de neve, embora as bochechas estivessem meio sujas.

– Você é um duende? – perguntou ele, mas duvidava disso.

– Não. Sou uma *pixie*. A Pixie Verdadeira.

– Pixie Verdadeira? O que é isso?

– Sou eu. Mas não faça barulho, ou vai acordar o Sebastian.

– Quem é Sebastian?

– O *troll* – explicou ela, apontando o dedo pálido de *pixie* para a criatura grande e deformada que, nesse momento, coçava o traseiro enquanto cochilava na caminha.

Sebastian era um nome peculiar para um *troll*, mas Nikolas nada comentou. Estava preocupado demais com a possibilidade de nunca mais conseguir escapar daquele cômodo frio e úmido.

– Quando deixam a gente sair daqui? – perguntou Nikolas à *pixie*.

– Nunca – respondeu a Pixie Verdadeira.

– Está mentindo!

– Não posso mentir. Sou uma Pixie Verdadeira. Tenho de dizer a verdade. É isso que me causa problemas. Bom, isso e explodir a cabeça das pessoas.

Ela cobriu a boca com a mão rapidamente, envergonhada com as palavras que saíram dela.

Nikolas a encarou. Não conseguia imaginar ninguém que parecia menos propenso a machucar alguém.

– Como assim, explodir a cabeça das pessoas?

Ela tentou se conter, mas não conseguiu e tirou uma folhinha dourada do bolso.

– Colaboca.

– Colaboca?

– Sim. Dei sopa de colaboca para uns duendes, e a cabeça deles explodiu. Foi tão divertido que quase compensou a prisão perpétua. Estou guardando a última folha para alguém especial. Adoro ver cabeças explodir. É mais forte do que eu!

Nikolas sentiu um arrepio. Se até a *pixie* de aparência mais doce podia ser uma assassina, não havia nenhuma esperança mesmo.

– Gostaria de ver minha cabeça explodir? – perguntou Nikolas, que ficou petrificado com a resposta.

A *pixie* tentou desesperadamente mentir, mas não conseguiu.

– Nnnnnnnnnnnn... sim! Gostaria muito! – Depois fez cara de culpada. – Desculpe – acrescentou em voz baixa.

Com medo de a *pixie* tentar pôr colaboca em sua boca enquanto ele dormia, Nikolas prometeu a si mesmo que faria tudo para ficar acordado tanto quanto pudesse, para sempre, se fosse necessário.

O *troll* virou de lado na cama e abriu os olhos.

– Você é o quê? – perguntou, e apesar de grande, não era lento, e um momento depois Nikolas não conseguia respirar, porque a mão áspera e cheia de verrugas o agarrava pelo pescoço e apertava com força.

– Eu sou... eu... sou Nikolas. Um menino. Um humano.

– Um hu-mano? O que é um hu-mano?

Nikolas tentou explicar, mas não conseguia respirar e só fez um barulho estrangulado.

– Humanos vivem do outro lado da montanha – explicou a Pixie Verdadeira. – Eles vêm do Sul. São muito perigosos. Aperte o pescoço dele até a cabeça cair.

Nikolas olhou para a Pixie Verdadeira, que exibia um sorriso doce.

– Desculpe – pediu ela. – É mais forte do que eu.

O *troll* pensou em matar Nikolas, mas mudou de ideia.

– É dia de Natal – disse para si mesmo. – Dá azar matar no dia de Natal.

– É vinte e três de dezembro – corrigiu a Pixie Verdadeira. – Se quer matar, sugiro que vá em frente.

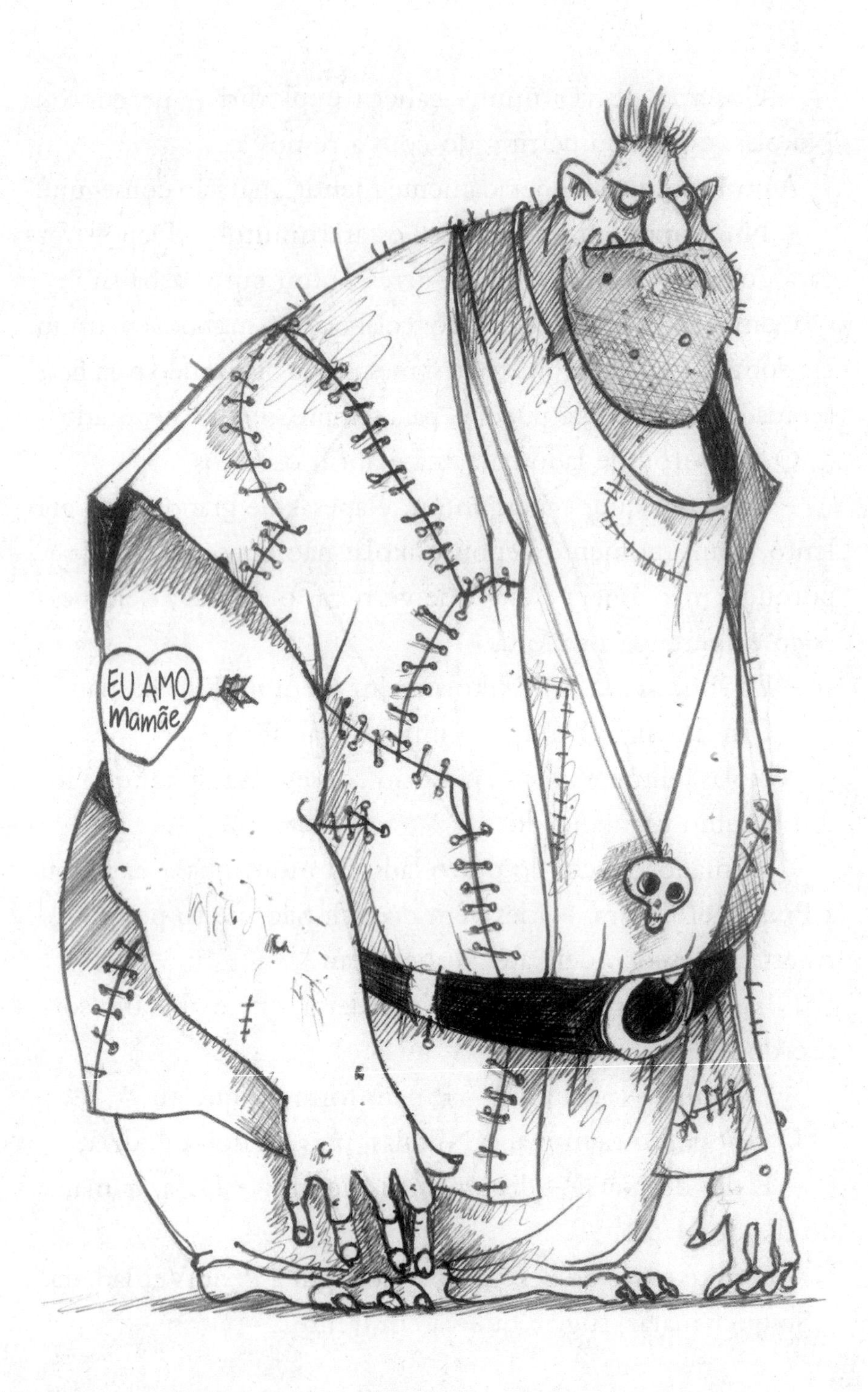
EU AMO
mamãe

– É dia de Natal *Troll*. O Natal *Troll* acontece mais cedo. Não posso matar no dia de Natal...

E ele soltou o pescoço de Nikolas.

– Isso é ridículo – suspirou a Pixie Verdadeira. – O dia de Natal é vinte e cinco de dezembro.

Sebastian olhou para Nikolas.

– Eu vai matar você amanhã.

– Tudo bem – respondeu Nikolas enquanto massageava o pescoço. – Já é alguma coisa para esperar.

Sebastian riu.

– Hu-mano engraçado! Hu-mano engraçado! Parece Tomtegubb!

– Tomte... o quê?

– Tomtegubbs são muito divertidos – confirmou a Pixie Verdadeira. – E são músicos maravilhosos. Mas cozinham muito mal.

Sebastian decidiu ser simpático, pelo jeito. Afinal de contas, era Natal.

– Eu ser Sebastian. Um *troll*. Ser prazer conhecer você, hu-mano!

Nikolas sorriu e olhou para a cara dele, que era mais complicada do que sugeria a voz. Sebastian era feio. Tinha só um dente (amarelo) e pele cinza-esverdeada e usava uma roupa fedida de pele de cabra. E ele era muito, muito grande. Seu hálito tinha cheio de repolho podre.

– Por que está aqui? – perguntou Nikolas com a voz tremendo de medo.

– Eu tentar roubar rena. Mas ela rena que voa como pássaro. E renas voar no céu.

– Renas não voam – disse Nikolas, mas mal acabou de falar e se lembrou de Donner saindo do chão e se afastando de sua sombra no Campo de Renas.

– É claro que as renas dos duendes podem voar – comentou a Pixie Verdadeira. – Elas foram criassonhadas.

– Criassonhadas? – Nikolas lembrou. Criassonho. Essa era a palavra que Pai Topo e a Pequena Noosh tinham usado para explicar como trouxeram a ele e Blitzen de volta à vida. Era uma palavra mágica. Dizê-la em voz alta era suficiente para se sentir mais quente, como se o cérebro fosse envolvido em mel aquecido ao sol.

– Um criassonho é um encantamento de esperança. Se você foi criassonhado, ganha poderes, mesmo que seja só uma rena – disse a Pixie Verdadeira.

– Que tipo de poderes?

– Tudo que é bom em você fica mais forte. E se torna mágico. Se você deseja algo bom, a magia acontece. É um tipo muito chato de magia. Porque ser bom é muito chato.

Nikolas pensou em tia Carlotta jogando Miika porta afora.

– Não – respondeu ele à *pixie* de cara suja. – Está enganada. O mundo inteiro, ou o mundo de onde eu vim, o mundo dos humanos, é cheio de coisas más. Tem sofrimento, ganância, tristeza, fome e maldade por todos os lados. Tem muitas, muitas crianças que nunca ganham presentes e que têm sorte quando comem mais que umas colheradas de sopa de cogumelo no jantar. Elas não têm brinquedos para brincar e vão dormir com fome. Crianças que não têm pais. Crianças que têm de morar com uma pessoa horrível como minha tia Carlotta. Em um mundo como esse, é muito fácil ser mau. Então, quando alguém é bom ou generoso, isso já é mágica. Dá esperança às pessoas. E esperança é a coisa mais maravilhosa que existe.

Sebastian e a Pixie Verdadeira ouviram tudo isso em silêncio. O *troll* até derramou uma lágrima, que rolou pelo rosto cinza e contraído e caiu no chão sujo de pedra, onde se transformou em uma pedrinha.

– Queria ser boa – disse a Pixie Verdadeira, e olhou com tristeza para sua folha de colaboca. – Se eu fosse boa, agora poderia estar em casa comendo bolo de canela.

– Eu ser feliz porque *troll*, não hu-mano – disse Sebastian, balançando a cabeça e suspirando. – Especialmente você, porque amanhã você morto.

O pensamento mais assustador

Nikolas tentou ignorar a ameaça de morte e as mãos enormes, cinzentas e cheias de verruga do *troll*, sempre pronto para apertar um pescoço, e olhou novamente para a Pixie Verdadeira. Ainda tinha um pouco de medo dela, mas sabia que medo não era um sentimento muito útil. Também sabia que, se quisesse respostas, não poderia encontrar lugar melhor do que a cela de prisão onde estava.

– Se eu faço perguntas, você tem de me dizer a verdade?

Ela assentiu enfática.

– Sim, sou uma Pixie Verdadeira.

– É claro. Bom. Certo. Ok. Então, vamos ver... sabe se meu pai está vivo? Ele é humano, é claro, e o nome dele é Joel.

– Que Joel?

– Joel Lenhador.

– Hum. Joel Lenhador. Não me lembro... – disse a Pixie Verdadeira.

– E o Pequeno Kip?

– Pequeno Kip! Sim. O menino duende. Ouvi falar dele. Apareceu na primeira página do *Diário da Neve*. É um jornal de duende, mas alguns *pixies* nas Colinas do Bosque gostam de ler, caso tenha alguma notícia de duendes que comeram colaboca e explodiram. Ah, e porque tem receitas. E fofoca.

– A cabeça do Pequeno Kip explodiu? – perguntou Nikolas.

– Ah, não. Ele foi raptado.

– Raptado?

– E não foram *pixies* nem *trolls*. Acho que não teria sido tão grave se tivessem sido *pixies* ou *trolls*, ou até um Tomtegubb. Mas não. Ele foi raptado por humanos.

Nikolas sentiu um arrepio.

– Quais humanos?

– Não sei. Um grupo de homens. Faz quarenta e uma luas. Eles chegaram aqui e todo mundo os recebeu com alegria. Vodol ordenou um banquete especial na prefeitura em homenagem aos visitantes, e eles foram convidados a ficar pelo tempo que quisesse, mas, no meio da noite, eles raptaram uma criança duende, levaram-na em um trenó e fugiram antes de o sol nascer.

O coração de Nikolas parou por um segundo.

– Um trenó?

Agora estava apavorado. Era como cair enquanto ficava em pé. Ele tirou o chapéu do pai da cabeça e olhou para ele. Mais assustador ainda que pensar em ser morto por um *troll*, mais assustador que estar trancado em uma cadeia de duende era pensar que o pai podia ser um dos homens que raptaram o Pequeno Kip. Não queria falar em voz alta, mas agora isso era real em sua cabeça e queria consertar esse erro.

Queria consertar tudo.

Nikolas olhou para o buraquinho escuro.

– Pixie Verdadeira, você sabe o que é aquele buraco no teto?

– Sim, eu sei. É que antes isto aqui não era uma prisão. Era uma Torre de Boas-Vindas, quando Mãe Ivy estava no comando.

– Eu sei. Pai Vodol me contou.

– Os duendes sempre foram criaturas hospitaleiras. Esse lugar era cheio de duendes simpáticos distribuindo vinho de ameixa para todo mundo que chegasse. Ou seja, ninguém, mas a ideia era que fosse assim. Essa cela era a fornalha. Aqui havia um fogo sempre aceso, e a claridade podia ser vista em um raio de muitos quilômetros, de forma que visitantes que acreditavam em duendes, *pixies* e magia podiam encontrar o caminho para cá.

– Eu gostar de fumaça – falou Sebastian pensativo.

– Então, aquele buraco que você vê no teto... – disse a Pixie Verdadeira.

– Era a chaminé? – perguntou Nikolas.

– Exatamente.

Nikolas olhou para o buraco escuro. Se esticasse um braço para cima e pulasse, provavelmente conseguiria alcançá-lo e tocar os lados. Mas era impossível escapar. A chaminé era menor que ele. Nem a Pixie Verdadeira conseguiria passar por ali.

Mas o que Pai Topo tinha dito?

– Uma impossibilidade é só uma possibilidade que você não entende – disse ele em voz alta.

– Sim – concordou a Pixie Verdadeira. – Essa é a verdade.

A arte de subir por chaminés

ebastian voltou a roncar. O som era como o de uma motocicleta, mas motocicletas ainda não haviam sido inventadas, então Nikolas não podia fazer essa comparação. Então, pouco depois, a Pixie Verdadeira também dormiu. O *troll* ocupava a cama toda, portanto a Pixie Verdadeira se encolheu no chão, segurando a folha de colaboca. Nikolas estava extremamente cansado. Nunca sentiu tanto cansaço antes. Nem mesmo antes do Natal, quando nunca conseguia dormir, porque ficava muito agitado. Sabia que precisava dormir, mas não confiava na Pixie Verdadeira. Ele sentou com as costas apoiadas à parede fria de pedra, olhando para a chaminé. Do lado de fora, além da grossa porta de madeira, entre os roncos de Sebastian, ele ouvia as vozes abafadas dos guardas duendes.

Precisava sair dali. Não só por estar com duas criaturas que, cada uma por razões diferentes, queriam matá-lo. Não. Precisava escapar e encontrar o pai. Tinha um palpite de que ele ainda estava vivo, e também sabia que, provavelmente, estava com os homens que haviam levado o Pequeno Kip. Alguma confusão devia ter acontecido. Seu pai era um homem bom.

Precisava encontrá-lo.

Precisava trazer o Pequeno Kip de volta.

Tinha de consertar tudo. Mas como?

Ele se lembrou do dia em que a mãe morreu. Ela se escondeu do urso marrom dentro do poço, agarrada à corrente que sustentava o balde, mas as mãos escorregaram. O grito enquanto ela caía, enquanto Nikolas assistia a tudo horrorizado do chalé.

Naquele dia, e por todos os outros que o seguiram (vamos dizer que foram mil e noventa e oito), ele acreditou que as coisas só poderiam piorar e que acordaria chorando durante o resto de sua vida, sentindo-se culpado por não ter ficado com ela, embora tivesse pensado que ela também corria.

Rezava para que ela voltasse, de algum jeito.

Joel sempre dizia que ele era parecido com a mãe, mas seu rosto não era tão corado, e às vezes Nikolas pegava umas frutinhas e as esfregava nas bochechas e olhava seu reflexo no lago. E, na água turva, conseguia quase imaginar que era ela olhando de dentro de um sonho.

– É engraçado, papai – um dia ele disse, enquanto o pai cortava uma árvore. – Mas eu poderia ter enchido aquele poço de lágrimas, de tanto que chorei.

– Ela não ia querer que você chorasse. Ia querer que você fosse feliz. Alegre. Ela era a pessoa mais feliz que jamais conheci.

E, na manhã seguinte, Nikolas acordou e não chorou. Estava determinado a não chorar. Nem teve o pesadelo habitual em que via a mãe caindo, caindo, caindo no poço. Então ele soube que as coisas terríveis, mesmo as mais terríveis, não podiam fazer o mundo parar de girar. A vida continuava. E ele prometeu a si mesmo que, quando ficasse mais velho, tentaria ser como a mãe. Colorido, feliz, bom e cheio de alegria.

Era assim que a manteria viva.

Não havia janelas na torre.

A porta era de madeira grossa e metal sólido. E ainda tinha os guardas. Ele estava lá, naquele cômodo redondo de pedra úmida, tão preso quanto um eixo em uma roda. Havia um mundo lá fora, um mundo de florestas e lagos, de montanhas e esperança, mas esse mundo agora pertencia a outras pessoas. Não era mais dele. Não tinha como sair dali. No entanto, era estranho, mas não estava infeliz. Assustado, sim, talvez um pouco, mas também, no fundo, esperançoso. Ele começou a rir sozinho.

Impossível.

Era isso que Pai Topo queria dizer, ele percebeu.

Esse era o objetivo da magia, não era? Fazer o impossível.

Ele, Nikolas, poderia realmente fazer mágica?

Ele olhou para a chaminé, para o pequeno círculo de escuridão. E tentou concentrar-se muito naquela chaminé, naquele túnel escuro, e em como passar por ele. Era uma escuridão intensa, como a escuridão do poço. Ele pensou na mãe caindo e em todas as vezes em que havia imaginado o contrário. Sua mãe subindo de volta à vida. Pensou em como havia encarado o urso marrom na floresta naquela última vez, menos apavorado, e no urso indo embora.

A cabeça continuava dizendo que era impossível, mas ele encarou e encarou e, lentamente, começou a ter esperança. Desejar. Pensou em todos aqueles duendes infelizes no salão. Pensou no rosto triste do pai no dia em que ele saiu de casa para viajar para o Norte. Pensou em tia Carlotta o obrigando a dormir do lado de fora, no frio. Pensou na infelicidade humana. Mas também pensou em como não precisava ser assim. Pensou que, na verdade, humanos e até os duendes, provavelmente, eram bons, mas tinham perdido um pouco o jeito. Mas, acima de tudo, ele pensou em como poderia escapar da torre.

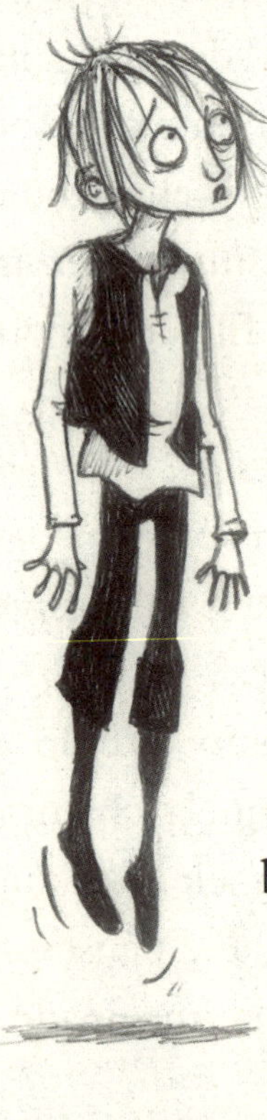

E então ele pensou na mãe sorrindo, rindo e sendo feliz, o que quer que acontecesse.

Começou a ter a mesma sensação peculiar, como se uma calda quente escorresse dentro dele, como quando conheceu Pai Topo e a Pequena Noosh. Era um sentimento de alegria indestrutível. Esperança, onde nenhuma esperança podia existir. E então, antes que ele percebesse, estava subindo. Saindo do chão, flutuando, subindo bem devagar, acima da Pixie Verdadeira e de Sebastian. Sentia-se leve como uma pena, até bater a cabeça no teto, bem ao lado do buraco preto e muito pequeno da chaminé. Ele caiu no chão, mas aterrissou sobre Sebastian.

– Não ser dia de Natal agora. Ser o dia depois do Natal – disse Sebastian, que tinha sido acordado. – Então, eu vai matar você.

No meio da comoção, a Pixie Verdadeira acordou.

– Oba! – gritou ela. – Bom, tecnicamente é véspera de Natal. Mas fora isso... oba!

Nikolas reagiu depressa e pegou a folha de colaboca da mão da Pixie Verdadeira. Ele empurrou a folha na direção de Sebastian, mas não foi ela que fez o *troll* de um dente só recuar. Foi o fato de Nikolas estar flutuando no ar de novo.

– Você ser mágico. Por que estar aqui, se você ser mágico?

– Estou começando a me perguntar a mesma coisa – disse Nikolas.

– Ei! – disse a Pixie Verdadeira. – Desça daí agora e devolva minha folha.

– Saia de perto de mim – disse Nikolas, tentando parecer tão assustador quanto pudesse.

– Hum, isso é bem complicado, já que estamos trancados em uma cela da prisão – respondeu a Pixie Verdadeira.

Sebastian agarrou a perna de Nikolas e tentou puxá-lo de volta ao chão.

– Ah, isso é tão empolgante – falou a Pixie Verdadeira, sorrindo e batendo palmas. – Adoro um drama!

Sebastian segurou com mais força, e as mãos ásperas eram fortes como pedra.

– Saia... de perto – disse Nikolas, mas era inútil.

Ele pensou na mãe caindo, não subindo, e isso, junto com a força do *troll*, interferia na magia. De repente, alguma coisa áspera apertava o pescoço de Nikolas, apertava com força. A mão livre de Sebastian. Nikolas arfou.

– Não... consigo... respirar...

A mão o soltou.

– Estar pensando – comentou Sebastian com tom prático. – Eu pode comer você, em vez de estrangular. Pode ter só um dente, mas ele faz serviço.

E ele abriu a boca, e estava quase mordendo quando Nikolas enfiou a folha de colaboca entre os lábios dele. A Pixie Verdadeira aplaudiu animada.

– Ei! – uma voz profunda exclamou do outro lado da porta. – O que está acontecendo aí?

– Nada! – disse Nikolas.

– Nada! – disse Sebastian.

A Pixie Verdadeira cobriu a boca com a mão, mas não conseguiu conter-se.

– O menino humano está flutuando no ar enquanto Sebastian tenta comê-lo, mas agora o menino humano enfiou uma folha de colaboca na boca de Sebastian, e estou esperando ansiosamente para ver a cabeça dele explodir – relatou ela.

– Emergência! – gritou o guarda duende do outro lado da porta. – Crise na sala da fornalha!

Sebastian recuou, e eles ouviram os passos de vários duendes subir a escada em espiral da torre. O rosto do *troll* começou a tremer. Sebastian parecia preocupado.

– O que estar acontecendo?

Nikolas ouviu o ronco do estômago do *troll*. Era mais que um ronco. Era mais que um rugido, até.

Parecia um trovão.

Nikolas tinha voltado ao chão.

– Sinto muito – disse.

– Ele vai explodir! – gritou a Pixie Verdadeira. – Que véspera de Natal espetacular!

O mais que ronco ficou mais alto dentro do *troll*, e agora o barulho saía da cabeça dele. As bochechas balançavam. A testa começou a pulsar. Os lábios inchavam. As orelhas ficaram saltadas. A cabeça dele já era grande antes, mas estava ficando cada vez maior, e agora era mais larga que os ombros, e ele fazia um esforço enorme para sustentá-la, e durante todo o tempo a Pixie Verdadeira aplaudia animada.

– Essa vai ser boa. Estou sentindo!

Os guardas estavam na porta, tentando encontrar a chave certa. Sebastian fez um esforço para falar, mas não conseguiu, porque a língua estava do tamanho de um chinelo.

– Bu, bu, bububu, bu, burbubur – disse ele, e agarrou a cabeça. Seus olhos agora eram tão grandes que quase saltavam da cabeça. Bom, um deles saltou e rolou pelo chão na direção de Nikolas. E ficou lá olhando para cima, para Nikolas, e foi muito nojento.

E a Pixie Verdadeira ficou maluca olhando para o olho.

– Isso é muito bom. Não devia rir. *Pixie* má. Má. Mas é que é tão...

Nikolas viu o rosto da Pixie Verdadeira ficar sério de repente.

– O que foi? – perguntou Nikolas.

– Acabei de me molhar – disse ela, e começou a rir de novo.

– O que está acontecendo aí? – gritaram os guardas.

– Eu não abriria a porta ainda – avisou a Pixie Verdadeira. – Vai haver uma explo...

E foi nesse momento que a cabeça de Sebastian ficou tão grande que explodiu com um barulho alto e molhado. Sangue roxo de *troll* e miolos cinzentos de *troll* se espalharam em todas as direções. Respingaram nas paredes, na Pixie Verdadeira e em Nikolas.

– In-crí-vel! – disse a Pixie Verdadeira enquanto aplaudia. – Bravo, Sebastian!

Sebastian não respondeu à Pixie Verdadeira. Não por grosseria, mas por não ter uma cabeça. E o corpo agora caía para a frente, na direção da Pixie Verdadeira, que continuava rindo tanto que não enxergava nada. Nikolas pulou e, rápido, puxou-a para o lado, enquanto Sebastian desabava no chão e esmagava seu olho perdido.

– Você salvou minha vida – disse a Pixie Verdadeira um pouco apaixonada.

– Não foi nada.

Ruído de chave na porta.

Nikolas fechou os olhos e lutou contra o pânico. Agora estava decidido.

– Você consegue – disse a Pixie Verdadeira.

– Consigo?

– É claro que sim.

Quando a porta se abriu, Nikolas estava flutuando no ar de novo.

– Ei! – gritou um guarda duende.

As palavras do Pai Topo voltaram à lembrança de Nikolas. "Você só tem que fechar os olhos e desejar alguma coisa." Talvez um desejo fosse só uma esperança com mais pontaria.

Se desejasse com a força suficiente, talvez todas as coisas pudessem acontecer. Ele pensou em como Pai Vodol fazia os móveis se mexer. Talvez, com determinação suficiente, uma chaminé também pudesse mover-se.

– Eu consigo – disse Nikolas.

– Sim, você consegue – concordou a *Pixie*.

Ele fechou os olhos e desejou conseguir. Nada. Imobilidade. Depois calor, o desejo enchendo todo o seu corpo. Ele sentiu uma coisa estranha no estômago, como se caísse de repente. Ou subisse.

O coração disparou.

Quando finalmente abriu os olhos, ele viu a escuridão. Estava dentro da chaminé.

E ouvia a voz da mãe.

– Meu menino! Meu doce menino Natal!

– Vou ser como você, mãe! Vou fazer as pessoas felizes!

A chaminé se curvou, torceu e expandiu para acomodá-lo perfeitamente, enquanto ele viajava para cima com velocidade considerável. Nikolas ouvia a voz da Pixie Verdadeira em algum lugar abaixo dele, dizendo:

– Eu falei!

E então, em pouco tempo, Nikolas foi cuspido da chaminé, sentiu o ar frio e aterrissou pesado, mas sem dor, no telhado inclinado da torre.

Blitzen chega para ajudar!

O sol estava nascendo. Pinceladas cor-de-rosa e laranja enchiam o céu. Era véspera de Natal. Ele olhou para baixo, para a Vila dos Duendes, que parecia pequena e inofensiva como uma cidadezinha de brinquedo.

Tentou levantar o pé do telhado de telhas. Mas não. Nada. Talvez estivesse com muito medo. Ele ouviu um guarda duende gritar de uma janela da torre para outro duende lá embaixo.

– Socorro! – gritou o guarda. – O menino humano fugiu!

– Ele está no telhado! – disse ao duende no chão. Era aquela que Nikolas tinha visto sentada na frente dele no banquete de Natal na prefeitura. A que usava tranças. Ri-Ri.

Nikolas tentou pensar. Olhou para a vila lá embaixo. Viu as renas no campo. E viu Blitzen pequeno ao longe, pastando a grama ao lado do lago congelado.

– Blitzen! – gritou com toda a força da voz, acordando toda a vila. – Blitzen! Aqui em cima! Sou eu, Nikolas!

Ele viu uma centena de guardas duendes vestidos com calça e túnica pretas correr para fora da prefeitura, como insetos se espalhando pela neve. Também viu Pai Vodol gritar ordens de uma janela no andar de cima. Embora fossem pequenos, Nikolas sabia que eles corriam muito. Não tinha muito tempo.

– Blitzen!

Imaginou que via Blitzen parando de pastar e olhando para ele.

– Blitzen! Socorro! Você precisa me ajudar! Você pode voar, Blitzen! Você pode voar! A magia que nos salvou faz as renas voar! Você pode voar!

Era inútil. Na verdade, era uma espécie de tortura ver aquela montanha, saber que o resto do mundo estava logo ali, do outro lado. O desespero o invadiu. Mesmo que Blitzen pudesse ter entendido o que disse, e mesmo que pudesse voar, era improvável que fosse capaz disso sem acreditar em magia.

Nikolas viu uns dez guardas correr para o campo e montar nas renas. Um a um, os guardas puseram suas montarias em movimento, batendo com os calcanhares nos flancos dos animais e os dirigindo para o telhado da torre. Segundos depois, eles galopavam em alta velocidade pelo ar salpicado de neve.

– Blitzen! – Nikolas chamou de novo, mas não o via mais. Onde ele estava?

As renas e os guardas se aproximavam da torre. Sombras no ar. Nikolas sentiu alguma coisa escura pairar sobre ele. Podia sentir, como uma nuvem bloqueando a luz do sol, entrando em sua cabeça, penetrando na mente. E de repente Pai Vodol estava ali, montado em uma rena, comandando o ataque com a barba salpicada de neve e o rosto roxo de raiva. Ele carregava um machado que Nikolas reconheceu imediatamente. Cabo comprido e escuro e lâmina muito brilhante.

– Seu querido pai deixou isto aqui! – gritou Pai Vodol, arremessando o machado na direção de Nikolas, que se abaixou bem a tempo. O machado fez uma curva e voltou à mão de Pai Vodol, pronto para ser usado de novo, enquanto Donner, a rena que ele cavalgava, dava voltas em torno do telhado da torre.

– Vá embora – disse Nikolas. – Você não tem controle sobre mim. – Ele fechou os olhos, e calor e luz empurraram a nuvem escura. Estava acontecendo. Ele flutuava no ar, subia. Por um segundo, teve a sensação de que a neve caía mais depressa. Piscou, abriu os olhos e lá estava Vodol. Em um instante, Nikolas tinha caído de volta sobre o telhado, deslocando algumas telhas, que caíram no chão, lá embaixo. Ele também escorregou e ficou pendurado na beirada. Olhou para baixo. Viu a multidão de duendes bem pequenos que se havia reunido para acompanhar a comoção lá no alto.

– Pegue o filho de Joel Lenhador! – gritou um, uma menina duende cujo nome era Floco de Neve e que tinha cabelos brancos e brilhantes.

– Mate o filho de Joel Lenhador! – gritou outro, chamado Pavio Curto, que assistia à cena por um de seus telescópios artesanais e se surpreendia com a própria raiva. – Esmague os ossos dele e use para temperar seu biscoito de gengibre! Nada de forasteiros!

– Nada de forasteiros! – repetiu Floco de Neve.

– Nada de forasteiros! – disseram todos.

– Nada de forasteiros! Nada de forasteiros! Nada de forasteiros!

Bem, na verdade, nem todo mundo gritava isso. Havia uma voz da razão, mas era uma voz muito baixa, embora clara como um sino, e as palavras conseguiam subir e alcançar Nikolas.

– Não façam mal a ele! – Era bonito de ouvir, e Nikolas sentiu que as palavras davam esperança, e por um momento a solidão o deixou. Era a voz da Pequena Noosh.

– Não façam mal a ele! Somos duendes! – gritava Pai Topo agora. – Para onde foi nossa bondade? Vamos lá, somos duendes. Não éramos assim.

Nikolas sentiu os ombros queimar de dor quando puxou o corpo para cima do telhado a tempo de ver a maior de todas as renas avançando em sua direção, chegando mais perto, ultrapassando as outras. Os olhos permaneciam fixos no telhado com a mesma determinação que o havia ajudado a subir a montanha.

– Blitzen!

Pai Vodol também o viu.

– Fogo! – gritou ele. Um guarda se ajoelhou na neve e preparou o arco, apontando para eles com todo o cuidado. Ele puxou a corda com os dentes enquanto pegava uma flecha, a posicionava e disparava. Uma linha escura cortou o ar e passou assobiando perto da orelha de Nikolas. Rugindo de frustração, Pai Vodol arremessou o machado na direção de Blitzen, e ele voou certeiro, mas Blitzen desviou depressa e abaixou a cabeça, de forma que a flecha errou o alvo e só cortou um pedaço da ponta de seu chifre. Nikolas correu para a frente, sem desviar os olhos de Blitzen e se mantendo tão esperançoso quanto era possível, e saltou. Fechou os olhos e alimentou ainda mais a esperança. E a resposta veio. Ele aterrissou sobre as costas de Blitzen.

– Detenham-nos! – gritou Pai Vodol.

– Vá, vá, vá – berrava Nikolas, enquanto Blitzen galopava em uma velocidade incrível pelo ar. – Sul! Para a montanha!

E eles voaram desviando de machados voadores e flechas numerosas, até que esperança e determinação os levaram em direção ao sol nascente.

A busca

les voavam pelo ar tempestuoso sobre florestas repletas de árvores cobertas de neve e lagos congelados. Uma paisagem de terra branca e água prateada. Não havia sinais de vida humana. Nenhum sinal da alegria da véspera de Natal. Do alto, a terra parecia imóvel e plana como um mapa. Viajavam tão depressa que o que teria demorado um dia a pé levava apenas alguns minutos. O vento frio era forte, mas Nikolas quase não sentia. De fato, desde que foi criassonhado, mal notava o frio. Não, não era bem assim. Ele percebia o frio, mas não se incomodava com ele. Só estava ali, existia.

Nikolas estava tão aliviado por ter escapado e com a possibilidade de o pai estar vivo, tão fascinado e encantado por poder fazer magia, que de repente, bem ali, quase um quilômetro acima do lago, deixou escapar a maior gargalhada de sua vida. Era uma risada que vinha do fundo da barriga. Menos "ha ha ha" e mais "ho ho ho!".

O tipo de risada alegre que a mãe dele costumava ter.

Nikolas se inclinou para a frente e abraçou Blitzen.

– Você é um amigo de verdade! – disse. – E sinto muito por seu chifre.

Blitzen deu uma balançada rápida de cabeça, como se dissesse "tudo bem", e continuou galopando.

Seguiam diretamente para o Sul acompanhando a única estrada, a rota mais óbvia para casa. Nikolas se perguntou se o pai já estava lá, talvez na floresta outra vez, cortando lenha.

No meio da manhã, uma névoa cinza os havia cercado, e a dúvida começou a invadir sua cabeça. E se o pai de Nikolas tivesse raptado o Pequeno Kip? Ele descartou essa ideia. Não, seu pai querido nunca faria uma coisa como essa. Seria impossível. Não seria?

Com o coração pesado, Nikolas entendeu o que tinha de fazer antes de poder voltar para casa. Precisava encontrar o Pequeno Kip. Tinha de encontrar a verdade. Precisava provar aos duendes que seu pai era um homem bom. Tinha de ter alguma explicação.

Provavelmente, o pequeno Kip havia fugido de casa, como Nikolas. Tudo que ele precisava fazer era encontrar o menino duende, e tudo seria esclarecido.

Eles voaram e voaram. A rena descia sobre florestas e ganhava altitude sobre os campos e as amplas planícies de areia que pareciam estender-se até o infinito, esperando que pudessem ver o Pequeno Kip.

A única coisa que não faziam era voar diretamente sobre cidades, porque Nikolas não sabia como as pessoas poderiam reagir à visão de um menino montado em uma rena voando sobre a cabeça delas. Mas às vezes eles viam pessoas. O que deixava Blitzen feliz.

É que a outra coisa que Nikolas havia percebido em Blitzen era que ele tinha senso de humor. E o que ele achava realmente engraçado era fazer xixi em cima das pessoas. Ele segurava a vontade até não poder mais, e então só, bem, fazia xixi, muito xixi. E as pessoas achavam que era chuva.

– Esse não é um presente de Natal muito bom, Blitzen! – disse Nikolas, mas não conseguia deixar de rir.

Eles continuaram viajando depressa e devagar, alto e baixo, para o Norte, Leste, Sul e Oeste, mas sem sucesso. Nikolas se sentia cada vez mais sem esperança. Talvez devesse só ir para casa, afinal. Estava começando a ficar muito cansado, e sabia que Blitzen devia estar ainda mais. Tinha começado a nevar outra vez.

– Precisamos descansar esta noite – disse ele. Havia notado uma floresta de pinheiros imediatamente a Oeste. – Vamos descer ali e procurar abrigo. – E blitzen, que sempre acatava as ordens de Nikolas, fez uma curva para Oeste e foi descendo, descendo, serpenteando entre os pinheiros cobertos de neve, até que eles viram uma clareira entre os galhos, logo depois de uma ravina.

"Vai ser um Natal estranho", pensou Nikolas.

Eles se ajeitaram entre as árvores altas, embaixo de um toldo de galhos. Nikolas e Blitzen deitaram de costas um para o outro, e, quando Nikolas estava começando a pegar no sono, ele ouviu alguma coisa.

O estalo de um galho.

Vozes.

Vozes masculinas.

Nikolas sentou-se de repente e ouviu com atenção. Agora estava completamente escuro, mas o homem que falava com uma voz baixa e forte parecia conhecido. Nikolas arfou chocado.

Era o homem que visitou seu pai. Anders, o caçador.

– Blitzen – cochichou Nikolas. – Acho que são eles. Espere aqui. – E Nikolas se levantou e andou com cuidado na ponta dos pés sobre a terra seca.

Viu um brilho meio dourado, meio cor de laranja. Um brilho que ia ficando mais forte. Uma fogueira de acampamento. Sombras se moviam como fantasmas escuros. Quando chegou mais perto, ele viu um grupo de silhuetas grandes e encolhidas perto do fogo, sentadas, conversando. As vozes agora eram mais claras.

– Estamos a poucos dias de Turku – disse uma delas. – Estaremos lá no Ano-Novo!

– Uma semana até entregarmos nosso presentinho ao rei! – disse outra voz.

– Pensei que iríamos para casa antes – disse uma voz que ele conhecia melhor que qualquer outra no mundo. O som fez o coração de Nikolas parar por um segundo. Medo e amor o inundaram. Estava prestes a gritar "papai", mas algo o conteve, e ele continuou ouvindo em silêncio na quietude da noite.

– Não, nós prometemos. O rei tem de recebê-lo antes do Ano-Novo.

Nikolas quase não conseguia respirar. O coração batia acelerado no peito, mas ele sabia que precisava tentar manter a calma. "Seja a floresta."

– Bom, prometi ao meu filho que já estaria em casa a essa altura.

– Depende de que promessa quer cumprir: A que fez ao rei ou a que fez ao seu filho!

O som das risadas encheu a floresta, ecoando nas árvores e criando a sensação de que vinha de todos os lugares. Aves voaram dos galhos grasnando de medo.

– É melhor ficarmos quietos – disse um dos homens –, ou vamos acordá-lo.

– Ah, não se preocupe com isso – disse outro. – Duendes têm sono pesado!

Nikolas sentiu o estômago se mover, como se estivesse caindo. Teve medo de vomitar. Ou desabar.

– Que diferença faz? – perguntou Anders. – Ele está em uma gaiola. Não vai a lugar nenhum.

Era verdade!

Nikolas tentou enxergar além das árvores. Lá, do outro lado da fogueira e dos homens, viu uma coisa estranha que tinha um formato de caixa. Não conseguia ver o menino duende, mas sabia que ele estava lá. Os homens continuaram conversando.

– Continue pensando no dinheiro, Joel. Nunca mais vai ter de se preocupar com o Natal.

– Todo aquele dinheiro.

– O que faria com ele? O que compraria de Natal?

– Eu compraria uma fazenda.

– Eu só olharia para ele – disse outro, um homem chamado Aartu, embora Nikolas ainda não soubesse disso. Aartu tinha uma cabeça muito grande e um cérebro bem pequeno dentro dela. Tinha cabelo desgrenhado e barba descuidada que o deixavam parecido com alguém que olhava o mundo de trás de um arbusto. – E, depois que olhasse para ele, compraria um vaso sanitário.

– Vaso sanitário? O que é isso?

– É uma nova invenção. Ouvi falar dela. O rei tem um. É um penico mágico. Com um intestino como o meu, seria um bom investimento. E eu compraria uma vela bem bonita. Gosto de velas. Compraria uma grande vela vermelha.

Os homens continuaram conversando em voz baixa, e Nikolas aproveitou sua chance. Apoiado sobre as mãos e os joelhos, ele engatinhou lentamente para a frente, desviando de pinhas, respirando devagar e se movendo entre as árvores, mantendo sempre uma distância segura dos homens.

Depois de um tempo, conseguiu alcançar a caixa. Era feita de madeira e amarrada com uma corda bem firme ao material sólido de um trenó. Um trenó pintado. Um trenó onde se via entalhada a palavra "Natal". Seu trenó. Dentro da gaiola, encolhido, havia um menino duende.

Ele vestia a mesma túnica verde que a Pequena Noosh usava, e parecia ter a mesma idade. Tinha cabelos castanhos e muito lisos e orelhas grandes até para um duende, mas o nariz era pequeno. E, embora os olhos bem afastados estivessem fechados, a boca descrevia uma curva para baixo, e o rosto tinha linhas de preocupação.

Nikolas lembrou-se de seu período breve, mas horrível como prisioneiro. Ficou ali pensando no que poderia fazer. Não havia nenhuma trilha. Só árvores de um lado e a clareira do outro. Ele tremia de medo, mas sabia que teria de esperar o pai e os outros dormirem.

O Pequeno Kip abriu os olhos e olhou diretamente para Nikolas. Por um momento, parecia estar se preparando para gritar.

– Psiu – avisou Nikolas baixinho, com um dedo sobre os lábios. – Estou aqui para ajudar.

O Pequeno Kip ainda era um duende muito novinho e, apesar de não conhecer Nikolas, tinha o dom de ver a bondade nos outros e viu bondade nos olhos de Nikolas. Ele parecia entender.

– Estou com medo – falou o duende em duendês.

Mas Nikolas entendeu.

– Está tudo bem.

– Está?

– Bom, não. Agora não. Mas vai ficar...

Nesse momento, uma voz forte e ríspida pareceu brotar do nada.

– Feliz Natal.

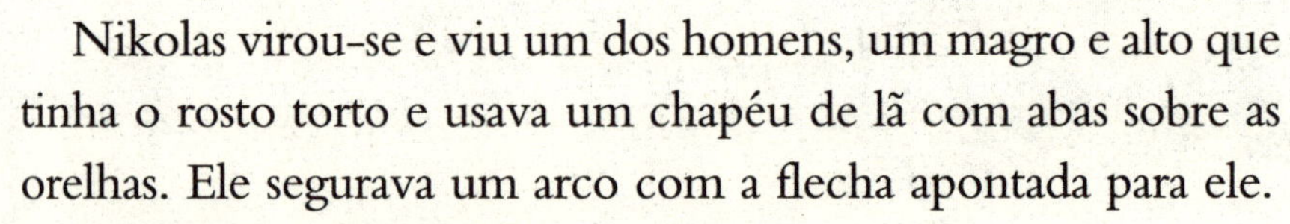

Nikolas virou-se e viu um dos homens, um magro e alto que tinha o rosto torto e usava um chapéu de lã com abas sobre as orelhas. Ele segurava um arco com a flecha apontada para ele.

– Quem é você? Fale ou vai morrer.

O menino duende

ó me perdi na floresta – gaguejou Nikolas. – Não estou causando nenhum problema.

– Ei! – gritou o homem. – Perguntei quem é você. No meio da noite, só pode estar aprontando alguma coisa. Fale, ou vai levar uma flechada.

Nikolas ouviu alguns outros homens acordando, falando e confusos.

– Meu nome é Nikolas. Sou só... um menino.

– Um menino andando pela floresta no meio da noite!

– Oh, não, oh, não, oh, não – disse o Pequeno Kip. Ou talvez fosse: – Oh, não, oh, não, oh, não, oh, não. – Mas, de qualquer maneira, para todos os ouvidos humanos, exceto os de Nikolas, era só "quibum, quibum, quibum".

Então, soaram passos, depois uma voz familiar.

– Eu sei quem ele é – disse Anders, debruçando-se sobre Nikolas. – É filho do Joel. Abaixe o arco, Toivo. Ele não vai arrumar confusão. É isso, não é, menino?

Mais sombras. Os outros homens, cinco deles, caminhavam em sua direção.

O pai falou:

– Nikolas? É você? – perguntou com total incredulidade.

Nikolas olhou para o rosto do pai e sentiu medo. Talvez porque agora ele tinha uma barba. Ou era outra coisa. Os olhos, aqueles olhos conhecidos, agora pareciam sombrios e distantes, como os de um estranho. Nikolas estava tão emocionado que mal conseguia falar.

– Papai. Sim, sou eu.

Joel correu e abraçou o filho. Abraçou Nikolas até o menino pensar que as costelas se partiriam. Nikolas o abraçou de volta, tentando acreditar que ele ainda era o bom pai que sempre havia imaginado que fosse. Sentia a barba pinicar a bochecha. Era adorável, confortante.

– O que está fazendo aqui?

Nikolas sentiu a urgência contida no tom de voz do pai.

Não sabia o que dizer, mas decidiu fazer o que a mãe havia ensinado, para quando tivesse problemas. Respirou fundo e disse a verdade:

– Não estava me dando bem com a tia Carlotta. Então, fui procurar você. Segui na direção do Extremo Norte, encontrei a vila... e os duendes me mandaram para a prisão.

O rosto do pai ficou mais suave, as antigas linhas surgiram em volta dos olhos, e ele voltou a ser como antes.

– Oh, Nikolas, meu pobre menino! O que aconteceu?

– Eles me trancaram na torre porque não confiam em humanos.

Nikolas olhou para o duende preso na jaula, algemado pelos punhos e tornozelos, depois olhou para os outros seis homens que continuavam ali parados ao luar. Queria muito que o pai os mandasse embora. Queria acreditar em seu pai e manter a esperança de que tudo isso fosse uma confusão, um mal entendido.

– Bom, filho – disse o pai, levantando-se e adotando um ar muito sério. – Preciso dizer que aquelas histórias que eu contava sobre como os duendes eram felizes e bons eram, bem, eram só isso... histórias. Descobri que os duendes não são quem pensávamos que fossem.

Nikolas olhou para o Pequeno Kip, que olhava para ele de dentro da jaula pedindo socorro. O duende estava apavorado demais para falar. E Nikolas se sentia traído, como se tudo que conhecesse antes fosse uma mentira.

– Você não me falou que ia raptar um duende. Disse que ia procurar provas de que a vila existia.

– Sim – respondeu o pai com aparente sinceridade. – E que prova poderia ser melhor que um duende de verdade?

– Mas você mentiu para mim.

– Eu não menti. Não sabia ao certo que tipo de prova encontraríamos. Só não falei toda a verdade.

Nikolas olhou para o grande grupo de homens ameaçadores na floresta escura e silenciosa.

– Eles obrigaram você a fazer isso, papai?

Anders riu, e os outros o acompanharam, provocando um barulho alto na floresta.

Joel ficou sério.

– Não. Não, ninguém me obrigou.

– Fala para ele, Joel – disse Anders. – Por que não conta o que realmente aconteceu?

Joel fez que sim com a cabeça e olhou para o filho com ar nervoso. Depois engoliu em seco.

– Bem, Nikolas, na verdade, a ideia foi minha. Quando Anders foi me procurar naquela noite, eu sugeri tudo isso. Disse que a melhor evidência que poderíamos ter seria um duende de verdade, que levaríamos para o rei.

Nikolas não conseguia acreditar no que estava ouvindo. As palavras doíam como vinagre em um corte. Seu pai era um sequestrador. Muitas pessoas cresciam aos poucos, durante muitos anos, mas, ali na floresta silenciosa, Nikolas perdeu sua infância em um segundo. Nada faz alguém crescer mais depressa do que descobrir que o pai não é o homem que se pensava que fosse.

– Como teve coragem?

O pai dele suspirou. Um suspiro longo.

– É muito dinheiro, Nikolas. Três mil rublos. Podemos comprar uma vaca. Ou... ou um porco. Podemos ter um Natal muito bom, no ano que vem. O tipo de Natal que Carlotta e eu nunca conhecemos. Vou conseguir comprar brinquedos para você.

– Ou um vaso sanitário! – disse Aartu de algum lugar atrás da barba.

Joel ignorou o amigo burro e continuou falando.

– Vou poder comprar um cavalo e uma carroça nova. Vamos à cidade, e as pessoas vão olhar para nós, admirar e sentir inveja de todo dinheiro que temos.

A raiva borbulhava dentro de Nikolas.

– Por quê? Não quero que as pessoas tenham inveja! Quero que as pessoas sejam felizes!

Joel olhou para os outros homens, que se divertiam com a conversa. Depois franziu a testa e, frustrado, olhou para Nikolas novamente.

– Bom, você precisa aprender sobre o mundo, meu filho. Ainda é criança, e eu não sou, e conheço o mundo. É um lugar egoísta. Ninguém vai cuidar de você. Tem que cuidar de si mesmo. E é isso que estou fazendo, entendeu? Ninguém nunca foi bom para mim. Ninguém me deu presentes. Eu chorava todo ano no dia de Natal, porque não ganhava nada, nunca. Outras crianças tinham um presentinho, pelo menos, alguma coisa que ganhavam dos pais. Mas eu e Carlotta não tínhamos nada. Mas, no próximo aniversário, no próximo Natal, vou poder comprar o que você quiser...

Nikolas olhou para a gaiola de novo, para as cordas.

– Fiquei feliz com o trenó. Era feliz com você e Miika. Era feliz até com o boneco de nabo!

– No próximo Natal, você vai me agradecer. Neste não. É tarde demais para isso. Mas no próximo. Você vai ver. Prometo.

– Não! – disse Nikolas. E dizer a palavra era como virar uma chave dentro da cabeça, deixando toda a fraqueza do lado de fora.

– Como assim, não?

Nikolas respirou fundo, como se inspirasse coragem.

– Não. Vou levar o Pequeno Kip de volta para a vila. Para a casa dele.

Os homens riram de novo. O som incomodou Nikolas, despertou nele uma sensação que era mistura de medo e raiva ao mesmo tempo. Um deles, um homem de voz áspera com um casaco feito de pele de rena, rosnou:

– Não vai, não. Fale para ele, Toivo.

Toivo levantou o arco de novo e cuspiu no chão.

Joel se virou e viu a arma.

– Desculpe, Nikolas, mas não vai levá-lo de volta. Tem muita coisa em jogo.

– Se me amasse mais do que ama dinheiro, você não faria isso. Papai, por favor. Brinquedos são ótimos. Mas ser bom é melhor que ser rico. Você nunca seria feliz sendo um sequestrador.

– Também nunca fui feliz como lenhador – respondeu Joel com uma careta, como se sentisse dor. – Agora, se tudo sair como planejamos, vou ter uma chance de descobrir o que a vida tem a oferecer.

Nikolas balançou a cabeça. E começou a chorar. Não conseguia evitar. Tinha muita coisa dentro dele. Raiva, medo, decepção. Amava o pai, mas esse homem a quem amava roubou o menino duende da própria casa e o colocou em uma gaiola.

Nikolas enxugou os olhos com o dorso da mão. Pensou nas palavras de Pai Topo para a Pequena Noosh. "Nunca devemos permitir que o medo nos guie."

– Vamos levar o duende de volta – falou Nikolas mais alto, olhando para todos os homens. – Os duendes ficariam felizes. Podem até dar uma recompensa para nós. Temos de devolver o Pequeno Kip para a família dele.

– Eles nos matariam! – disse Anders, confiante. Anders levava o arco e as flechas com as penas cinzentas pendurados nas costas. – Escute, menino, por que não vem com a gente? Pode ser uma aventura. Vai conhecer o rei.

– De jeito nenhum, ele vai estragar tudo – disse o homem de voz áspera com o casaco de pele de rena.

– Quieto, Tomas – respondeu Anders. – Ele é filho do Joel... E então, menino, o que acha?

Por um momento, Nikolas pensou em como seria ir ao palácio real e conhecer o rei Frederick. Pensou no rosto que via atrás de uma moeda, e no brinquedo fofo que sempre via na vitrine da loja de brinquedos. No nariz comprido, no queixo grande e nas esplêndidas coroa e roupas. Devia ser tudo de ouro. Talvez todo o palácio dele fosse feito de ouro. Teria sido maravilhoso ir lá. Mas nada era tão maravilhoso quanto fazer a coisa certa.

– Venha conosco, filho – falou Joel com tom mais brando. – Não seja bobo. Anders está certo. Vai ser uma aventura. Uma aventura de Natal. Anders pode lhe ensinar a atirar com arco e flecha... Não seria divertido?

– Isso – confirmou Anders. – Você pode me ajudar a acertar um alce. E depois pode prepará-lo na fogueira. Comemos carne fresca todas as noites. Você parece estar precisando de carne boa, e não tem carne melhor que aquela que você mesmo caça. Um dia, até acertei uma rena, mas ela fugiu antes que eu pudesse matá-la. Desapareceu no bosque.

Nikolas pensou na flecha de pena cinza espetada na pata de Blitzen. Sabia que em pouco tempo Blitzen iria procurá-lo. E, então, esses homens grandes e altos provavelmente tentariam matá-lo e o transformariam em ensopado de rena. Ele olhou para os olhos estranhos do Pequeno Kip, que estavam cheios de medo. O Pequeno Kip ainda não tinha falado nada, e, nesse momento, pela primeira vez na vida, Nikolas odiou o pai.

Ele olhou para todos os homens reunidos ali na floresta gelada, sombras sólidas do preto-azulado da noite. Sequestradores. Assassinos de rena. Tinha medo, mas também estava determinado.

– Está tudo bem, Pequeno Kip, vou tirar você daqui e levá-lo para casa.

A vingança de Blitzen

ontrole seu menino! – gritou um dos homens. Nikolas o ignorou. Estava concentrado nas correntes de metal que prendiam o Pequeno Kip à gaiola no trenó.

Ele sentiu a mão do pai em seu braço, tentando puxá-lo.

– Nikolas, agora está envergonhando nós dois.

– Ponha o menino na jaula também – sugeriu Toivo.

– Não podemos pôr um menino em uma gaiola – disse Anders.

– Já puseram – respondeu Nikolas. – Ou duendes não contam?

– Não, filho – disse Joel. – É claro que não contam. São duendes! Os duendes ficaram bem felizes quando puseram você na prisão. Lembra?

Nikolas lembrou-se de Pai Vodol, na fúria em sua voz e em como sentiu medo.

– Sim, mas... – Mas o quê? Por um momento, Nikolas duvidou do que estava fazendo. Por que se importava? Depois olhou para dentro da jaula.

O Pequeno Kip estava agitado, com o rosto contorcido.

– Você é um duende! – sussurrou Nikolas com urgência. – Tem magia! Use seus poderes.

O Pequeno Kip começou a chorar de novo.

– Não posso! É impossível!

– Não pode falar essa palavra! Você é pequeno demais para falar palavrão!

O Pequeno Kip olhou para ele e inclinou a cabeça para um lado.

Nikolas sabia que estava pedindo demais a um duende tão novo. O Pequeno Kip era, bem, era pequeno. Era difícil calcular a idade de um duende, mas ele não podia ter mais que cinco anos. Talvez sua magia ainda não estivesse desenvolvida. E, mesmo que estivesse, Nikolas sabia que isso não era tão fácil sem a confiança dada por um desejo único, claro. Magia sozinha era inútil. Transformar impossibilidades em possibilidades era mais difícil do que parecia.

O duende fechou os olhos e se esforçou. Os homens começaram a rir.

– É véspera de Natal – falou Nikolas. – Consegue sentir? Tem magia no ar. Vamos, Pequeno Kip. Use seus poderes de criassonho. Você consegue.

– Não – disse uma voz fraca. – Não consigo.

– Consegue. Você sabe que consegue. Você é um duende. Você consegue.

O Pequeno Kip franziu a testa ainda mais.

– Saia daí, Nikolas. Estou falando sério – insistiu Joel, e segurou a mão de Nikolas.

Todos ouviram um estranho tilintar. O menino duende estava mudando de cor com o esforço, seu rosto ficava roxo como uma ameixa. E de repente: "clanc".

Nikolas viu uma das correntes de ferro entre as algemas do duende se partir como caramelo.

Depois outra.

E outra.

Só faltava uma.

– É isso aí, Pequeno Kip. Está conseguindo.

– Vejam, ele está escapando!

– Pare com a feitiçaria, seu esquisitinho orelhudo! – ordenou Toivo ao duende. – Pare, ou vou atirar para matar. – Toivo levantou o arco e apontou para o Pequeno Kip.

– Não vou parar – respondeu o duende. Mas os homens ouviram alguma coisa como "Calabaxi animbo".

– E pare de falar enrolado – acrescentou Toivo.

Em algum lugar lá no alto, um pássaro alçou voo do galho de uma árvore.

– Um duende morto não tem nenhuma utilidade para nós – disse Joel.

– Um duende morto é melhor que um duende que fugiu – retrucou Toivo. – Se fizer mais um movimento, eu atiro.

Nikolas agiu depressa e puxou a mão da mão do pai dele. Nunca antes se sentiu menos filho do próprio pai. Ele correu para a frente da gaiola. Mal conseguia controlar a respiração. O medo era intenso. Olhou para Toivo e para aqueles olhos escuros e desesperados que pareciam conter a noite.

– Bom, acontece que não vou deixar você fazer isso.

– Não me tente, garotinho. Posso matar você também. – A voz dele não se alterou.

Tomas gritou:

– Olhem!

Nikolas virou e viu um turbilhão de neve, cascos e hálito quente. A floresta retumbava como se fosse invadida por trovões. Era uma rena imensa avançando na direção deles.

– Blitzen! – chamou Nikolas, temendo pela vida da criatura.

– Podem deixar comigo! – gritou Anders.

Ele disparou uma flecha, que cortou o ar rápida e certeira. Blitzen continuou galopando ainda mais rápido, aparentemente em direção à flecha, mas no último instante levantou a cabeça e o corpo todo com ela, e saiu do chão. Subiu como se escalasse uma encosta invisível, passando perto dos galhos dos pinheiros cobertos de neve e ganhando altitude.

Nikolas viu Anders apontar o arco e a flecha mais para cima enquanto a rena galopava no céu, com os chifres recortados contra a lua cheia.

– Não atire! Por favor! Ele é meu único amigo! – Nikolas implorou.

Joel olhou para o rosto pálido e magro do filho. Depois olhou para a mão esquerda. Para o dedo médio.

– A vida é dor – disse com tristeza.

– Mas também é magia, papai.

Joel o ignorou.

– Você precisa acalmá-lo, Nikolas. Ele vai ficar mais seguro se você o mandar descer e ficar onde possamos vê-lo.

Não vamos atirar nele, não é, pessoal? Vamos capturá-lo e levá-lo para o rei. Ele certamente vai gostar de ver uma rena voadora.

Anders baixou o arco.

– Isso. Mande a rena descer.

– Blitzen! – chamou Nikolas, perguntando-se se algum deles era digno de confiança. – Desça! É mais seguro.

E a rena parecia entender, porque, um minuto depois, aterrissou em uma pequena clareira com o peito arfando e os olhos brilhando pelo esforço.

– Esse é Blitzen. Por favor, não o machuquem – disse Nikolas. A rena acariciou seu pescoço com o focinho.

– Lago Blitzen – disse Tomas, alisando o casaco de pele de rena.

Nikolas afagou o pescoço da criatura, e Blitzen olhou para Anders e fez um ruído que era meio grunhido, meio rosnado.

– Está tudo bem, Blitzen. Ele não vai machucar você de novo – disse Nikolas, querendo poder acreditar nas próprias palavras.

Mas, enquanto ele ainda falava, Toivo levantou o arco.

– Não, Toivo! – gritou Joel.

Nikolas tentou pensar em alguma coisa, olhou em volta como se a resposta estivesse na assustadora escuridão da floresta.

Só havia uma coisa a fazer.

– Tudo bem. Vamos com vocês nessa aventura. Vou adorar conhecer o rei.

– Ele está mentindo – avisou Toivo.

Joel olhou nos olhos do filho, e nesse momento Nikolas soube que ele o entendia como só um pai é capaz de entender.

– Não. Não está. Você não está mentindo, está, Nikolas? Porque, se estiver, você vai morrer, e não vou poder fazer nada.

– Não, papai. – Nikolas respirou fundo. – Não estou mentindo. Mudei de ideia. Eu estava me comportando como um idiota. Os duendes me trancaram em uma prisão com um *troll* assassino. Não tenho que fazer nada por eles.

Durante alguns momentos, ninguém falou. O único som era o do vento frio sussurrando entre as árvores.

Depois, Anders bateu no ombro de Nikolas.

– Bom menino. Você tomou a decisão certa. Não é verdade, Joel?

– Sim – concordou Joel. – Como sempre.

– Muito bom. Tudo certo, então. Agora vamos descansar – decidiu Anders. – Amanhã vai ser um grande dia. – E abraçou Tomas e Toivo.

– O menino e a rena têm que dormir longe do duende. Só para garantir – disse Tomas.

– Por mim, tudo bem – respondeu Nikolas.

Joel não estava muito satisfeito.

– Mas e o duende? E se ele usar sua magia? Um de nós precisa ficar de guarda para não deixar a criatura fugir.

– Tem razão – falou Toivo esfregando os olhos. – Eu fico.

– Toivo, você está cansado demais – apontou Anders. – Bebeu muito vinho de fisális, como sempre. Tem que ser outra pessoa.

– Eu estou sem sono – disse Joel. – Eu fico. Foi meu filho que causou o problema. A culpa é minha.

– Tudo bem, então. Faz sentido. Ao primeiro raio de luz, acorde-me, e eu assumo o posto.

Anders apontou para os pinheiros do outro lado da fogueira, além da clareira, na direção da ravina.

– Você pode dormir lá. – Ele bateu de leve nas costas de Blitzen, alisando o pelo úmido de neve. – Desculpe, amigão. Sem ressentimentos pela flechada, certo?

Blitzen pensou nisso e, enquanto pensava, fez xixi na ceroula de Anders.

– Ei! – gritou Anders, e Tomas gargalhou. Anders também riu, o que fez os outros gargalhar.

E, depois disso, todos os homens voltaram a dormir perto da fogueira do acampamento, e Nikolas e Blitzen deitaram entre as árvores mais longe dela, e Joel ficou sentado na frente da gaiola onde estava o Pequeno Kip. Era difícil dizer se o Pequeno Kip havia desistido de tentar fugir, mas Nikolas certamente não havia deixado de sonhar com a chance de ajudá-lo. Estava aconchegado a Blitzen, um aquecendo o outro, enquanto as vozes dos homens iam silenciando.

– Feliz Natal, Blitzen – disse ele um pouco triste, mas a rena já tinha adormecido.

Algo de bom

Nikolas ficou acordado por muito tempo, olhando para a lua cheia. Quando estava quase dormindo, ele ouviu um barulho. Não mais que um sussurro perdido no vento. Ele levantou a cabeça e viu o pai empurrar o trenó lentamente em sua direção, para longe do acampamento. O duende não devia ser pesado, porque o trenó deslizava com facilidade. O Pequeno Kip estava dentro da gaiola, silencioso e de olhos bem abertos, segurando as barras da grade.

– O que está fazendo? – cochichou Nikolas.

Joel levou um dedo aos lábios, depois tirou a corda que usava para puxar o trenó de cima dos ombros e a colocou no pescoço de Blitzen.

Nikolas não conseguia acreditar no que via.

– Eu sabia que ia tentar libertar o duende – disse Joel. – O que é uma ideia terrível, aliás. Muito, muito terrível. Mas é

Natal. E é seu aniversário. E você ainda é meu filho. E quero que continue vivo. Então, ajude-me.

Nikolas se inclinou na direção de Blitzen.

– Fique calmo – disse com uma voz tão baixa que a rena podia nem ter ouvido. Blitzen se levantou devagar e ficou parado enquanto recebia os arreios. O fogo agora tinha apagado, e os homens ainda dormiam seu sono embriagado. Nikolas estava nervoso, mas feliz e aliviado. O pai ainda tinha alguma bondade, afinal.

Um dos homens, Toivo, talvez, estava escuro e longe demais para ter certeza, virou de lado e resmungou um pouco. Nikolas e Joel prenderam a respiração e esperaram até que ele se aquietasse.

A rena estava pronta.

– Muito bem, tudo certo – disse Joel quando o vento fez uma pausa. Era como se a floresta se esforçasse para ouvir seus planos. – Agora, monte na sua rena e vá embora.

– Papai, venha também, por favor.

– Não. Vou atrapalhar, diminuir a velocidade.

– Blitzen é forte. E rápido. Você pode viajar no trenó para ter certeza de que o Pequeno Kip está bem. Não pode ficar aqui. Eles vão matar você.

Toivo – sim, era ele, com certeza – moveu o corpo comprido e magro deitado na escuridão.

Nikolas nunca tinha visto o pai tão amedrontado. Nem quando enfrentou o urso. E o medo que via no rosto do pai fez o coração de Nikolas bater mais depressa.

– Tudo bem – decidiu Joel. – Vou subir no trenó. Temos que ir. Depressa.

Nikolas montou em Blitzen. Depois se inclinou para a frente, para sussurrar no ouvido da rena.

– Vamos lá, menino, o mais depressa que você puder. Vamos sair daqui.

Toivo agora estava acordado. Chutava as botas dos outros homens e gritava para acordá-los.

– Estão fugindo!

Blitzen partia em direção a uma área aberta entre as árvores, esforçando-se para passar da caminhada ao trote.

– Vá, Blitzen. Você consegue, menino. Vá! Dia de Natal! Use sua magia!

Nikolas ouviu um assobio estranho, abafado. Horrorizado, viu uma flecha cortar o ar. Ele se abaixou, salvando a cabeça por pouco. Blitzen tinha dificuldade para galopar carregando o peso do trenó, da gaiola e dos três, Pequeno Kip, Joel e Nikolas. Outra flecha passou por eles.

Blitzen ganhava velocidade, mas não o suficiente. As árvores eram muito próximas umas das outras. Ele descrevia curvas perigosas entre elas. Nikolas, que se segurava firme, virou e viu o trenó se inclinar para a esquerda, quase derrubando Joel.

Nikolas mal conseguia pensar, o cérebro era uma confusão de árvores, velocidade e medo.

Flechas e pedras cortavam o ar.

E então, o pior de tudo aconteceu.

Nikolas ouviu um grito atrás dele, um uivo aflito que cortou a noite. Virou e viu o pai bem na beirada do trenó, com um pedaço fino de madeira e uma pena cravados no ombro. O sangue já começava a manchar a camisa de retalhos.

– Papai! – gritou Nikolas quando outra flecha passou assobiando perto de sua orelha.

Nikolas então sentiu o peso de Blitzen subir. Estava acontecendo.

Mas, quando eles começavam a sair do chão, uma pedra da catapulta acertou o peito de Blitzen. Talvez tenha sido o choque ou a dor, mas ele enfraqueceu por um momento. Tentou recuperar-se e subiu ainda mais, e eles passaram por cima da cabeça dos homens. Mas Nikolas sabia que teriam dificuldades, porque se dirigiam para o meio das árvores, e não para cima delas. Seu rosto era castigado pelos galhos cobertos de neve, e ele temia engolir várias pinhas enquanto as flechas continuavam passando, traçando linhas negras na escuridão.

– Vá, Blitzen! – gritou Nikolas, incentivando a rena a desafiar a gravidade. Mas o pobre Blitzen tinha muitas dificuldades. Ele voltou ao chão e continuou galopando, tentando decolar novamente.

– Está muito... pesado – gemeu Joel, segurando o ombro com uma das mãos e em evidente sofrimento.

Nikolas sabia que o pai estava certo, mas notou que as árvores à frente eram mais espaçadas.

– Vai dar tudo certo – gritou o menino. – Vá, Blitzen!

Nikolas sentiu as patas de Blitzen se mover no ar, flutuando, mas ainda não era o suficiente. Seu corpo todo estava tenso com o esforço, e o trenó os puxava de volta para baixo. Nikolas tentou usar a própria magia. O medo transformava a mente em um ciclone de pensamentos, e ele não conseguia agarrar-se a um desejo por tempo suficiente, antes de ele voar como papel ao vento.

– Você não entende! – gritou Joel. – A ravina! O rio!

E então Nikolas entendeu. Não eram só as árvores que sumiam de repente diante deles. Era a própria terra. Ela desaparecia no nada, como um horizonte que estava perto demais, baixo demais. Estavam a poucos metros de uma queda brusca e profunda que os jogaria dentro do rio.

– Não vai conseguir atravessar! O único jeito é voar! – gritou Joel. – E tem muito peso.

Mas Nikolas não desistia. Com todos os nervos do corpo, com todas as moléculas dentro dele, ele esperava, rezava pela magia e a obrigava a funcionar, a dele e a de Blitzen.

– Vá, Blitzen! Vá, menino, você consegue! Voe!

A rena subiu novamente, mas bem pouco. Eles se chocaram contra mais galhos. Joel agora se agarrava à gaiola. Nikolas ouviu o Pequeno Kip choramingar de medo.

– Oh, não! – disse o duende. – Oh, não, oh, não, oh, não, oh, não!

– Meu peso está puxando vocês para baixo! – disse Joel. – Eu vou pular.

As palavras rasgaram Nikolas como dentes.

– Não, papai! Não!

Ele se virou. O rosto de Joel agora expressava outra dor, a dor da despedida.

– Não!

– Amo você, Nikolas! – gritou ele. – Quero que se lembre de mim por algo de bom.

– Não, papai! Isso vai...

Estavam na beirada. Nikolas sentiu antes de ver. O clarão repentino, a aceleração no ritmo de Blitzen quando Joel soltou a gaiola e despencou. Com as lágrimas transbordando dos olhos, Nikolas viu o pai encolhido na neve, ficando cada vez menor até finalmente desaparecer na escuridão. Como a mãe dele havia desaparecido na escuridão do poço. Nikolas foi tomado pelo pavor quando se deu conta da realidade. Agora estava sozinho no mundo.

Com menos peso e determinado a levar sua carga para um lugar seguro, Blitzen ganhou altitude sobre a ravina, rápido e forte, e seguiu em frente, rumo ao céu.

Cavalgando no ar

tristeza que Nikolas sentia era incrível. Perder alguém que se ama é a pior coisa do mundo. Cria um buraco invisível onde você sente estar caindo, e é como se a queda nunca fosse ter fim. Pessoas amadas tornam o mundo real e sólido e, quando elas vão embora de repente, para sempre, nada mais parece ser sólido. Nunca mais ouviria a voz do pai. Nunca seguraria suas mãos fortes. Nunca o veria usar o chapéu vermelho de novo.

As lágrimas no rosto de Nikolas congelavam enquanto eles voavam pelo ar frio. Foi o aniversário mais triste, o Natal mais triste que já existiu. Ele se agarrou às costas de Blitzen, sentindo seu calor, e de vez em quando olhava para trás para ter certeza de que o trenó e a gaiola ainda estavam lá.

Com a orelha encostada no pelo da rena, podia ouvir o sangue circular pelo corpo de Blitzen. Esse som substituiu o barulho do galope.

Nikolas chorava desde que o pai pulou do trenó. Ele havia morrido ao cair? Ou Anders, Toivo e os outros o alcançaram antes? De qualquer maneira, temia que o resultado fosse o mesmo. Nunca mais veria seu pai. Sentia essa certeza como um vazio uivante dentro do coração.

Aos poucos, o céu foi clareando.

– Sinto muito – disse uma vozinha atrás dele. – A culpa é toda minha.

Nikolas quase não tinha ouvido o Pequeno Kip falar até agora (exceto “oh, não”).

– Não se desculpe! – gritou Nikolas em resposta, enxugando uma lágrima do olho. – Nada disso é culpa sua!

Algum tempo passou.

– Obrigado por me salvar – disse aquela mesma vozinha.

– Escute, sei que pensa que meu pai era um humano mau. E o que ele fez foi maldade. Mas também teve algo de bom. Ele foi fraco. Não tínhamos dinheiro... Os humanos são complicados.

– Os duendes também – respondeu o Pequeno Kip.

Nikolas olhou para a brancura das nuvens de neve em torno dele. Até escalar chaminés minúsculas e voar eram coisas mais fáceis do que acreditar na vida. Porém, enquanto Blitzen galopava, Nikolas entendeu que tinha de seguir em frente e levar o Pequeno Kip de volta para a casa dele. Era necessário.

– Você é um amigo – disse o Pequeno Kip.

Eles voaram sobre a montanha, e dessa vez Nikolas conseguiu ver a Vila dos Duendes imediatamente. A rua das Sete Curvas, a torre, a prefeitura, as Colinas do Bosque e o lago.

Quando Blitzen aterrissou bem no meio do Campo das Renas, uma multidão já tinha se reunido. Nikolas não tinha medo, porque agora nada no mundo o amedrontava. Havia perdido seu pai. Que terror pior que esse o mundo poderia oferecer? Mesmo depois de descer das costas da rena e ver a multidão abrir caminho para Pai Vodol, que marchava na direção deles, ele não sentiu medo. Só o vazio.

– Então, o filho de Joel Lenhador voltou – disse Pai Vodol.

Nikolas acenou com a cabeça na direção da gaiola.

– O que está acontecendo?

– Trouxe o Pequeno Kip de volta para casa – Nikolas anunciou, falando alto o suficiente para ser ouvido por todos.

– É verdade, Pai Vodol – disse sorridente um duende de bigodes brancos que se aproximava deles. Era Pai Topo, e a Pequena Noosh o seguia de perto. – Nikolas salvou o Pequeno Kip! É a notícia que todos estávamos esperando.

– Sim – concordou Pai Vodol, oferecendo a Nikolas um sorriso relutante. – Sim, acho que é isso. Mas agora o humano deve voltar para a torre.

A multidão protestou.

– Mas é dia de Natal!

– Deixe o menino em paz!

Pai Topo balançou a cabeça:

– Não. Desta vez, não.

– Chega dessa boa vontade! Pai Topo, não quero ouvir mais nada. O humano tem de voltar para a torre. É isso. Ponto final.

A multidão de duendes ficou mais revoltada, e alguns deles jogaram biscoitos de gengibre bem duros na cabeça de Pai Vodol.

Pai Topo ficou sério, e parecia ser a primeira vez na vida.

– Você vai ter de lidar com uma revolta. O menino humano é um herói.

E os duendes começaram a gritar:

– Herói! Herói! Herói!

– Duendes ingratos! – gritou Pai Vodol com toda a força da voz, que era muito, muito alta. – Não percebem tudo que fiz por vocês? Como ajudei a garantir sua segurança acabando com a boa vontade e a alegria?

– Pensando bem, eu gostava de boa vontade – disse um duende.

– E alegria também não era tão ruim – opinou outro.

– E eu sinto saudade da dancinha divertida.

– Eu também!

– E de pagamento adequado! Três moedas de chocolate não são suficientes para viver.

– E de ser bom com não duendes.

E eles continuaram com a lista de queixas, e Pai Vodol, como líder da vila eleito democraticamente, entendeu que não tinha escolha.

– Pois bem – disse ele. – Antes de decidirmos o que fazer com o menino humano, vamos levar o Pequeno Kip para casa.

E uma aclamação poderosa ergueu-se da multidão, e muitos começaram a fazer a dancinha divertida, que era ilegal. Nikolas olhou em volta e chorou de novo, mas dessa vez as lágrimas tinham um pouco de felicidade. Do tipo que só se pode sentir estando perto da alegria e da boa vontade dos duendes.

Um menino chamado Natal

s pais do Pequeno Kip eram Moodon e Loka. Os dois eram só trabalhadores humildes, mas com especializações, por isso usavam túnica azul. Moodon era confeiteiro de biscoito de gengibre, e Loka fazia brinquedos e era especializada em piões, que ultimamente não eram muito procurados, desde que os duendes perderam o interesse por brincar. Eles moravam no limite da cidade, não muito longe das Colinas do Bosque, em uma casinha feita de madeira, mas com cadeiras, mesas e armários feitos de biscoito de gengibre.

Bom, isso não é importante. O que importa é que Nikolas nunca viu alguém tão feliz quanto Moodon e Loka quando ele levou o Pequeno Kip para casa.

– Incrível! Isso é um milagre! – exclamou Loka, chorando. – Muito obrigada. Esse é o melhor presente de Natal!

– Devia agradecer ao Nikolas – disse Pai Topo, empurrando o menino para a frente.

– Ah, obrigada, obrigada, obrigada, Nikolas. – Loka abraçou os joelhos do menino com tanta força que quase o derrubou. – Como posso pagar pelo que fez? Vou lhe dar uns brinquedos! Tenho muitos aqui, estava fazendo... piões, especialmente. Espere aí.

– E eu vou fazer para você o maior biscoito de gengibre que já foi feito! – disse Moodon, que tinha cabelo e barba claros. Era quase como se ele fosse feito de biscoito de gengibre.

Pai Vodol fez cara feia ao ver tanta gratidão por um humano.

– Bem, ele é um fugitivo condenado, então vai ter que voltar para a torre mesmo.

Lágrimas grandes começaram a turvar os olhos azuis do Pequeno Kip.

Nikolas lembrou-se da salinha fria e escura onde esteve trancado e percebeu, nesse momento, que, por mais que a vida fosse triste sem seu pai, seria ainda mais triste se tivesse de viver trancado em uma torre.

– Como já viu, essa seria uma decisão muito impopular – disse Pai Topo com firmeza.

– Sei que não cabe a mim opinar, já que não faço parte do conselho, mas acredito que esse humano em particular é um herói por ter resgatado meu filho. Um verdadeiro herói de Natal! – disse Loka.

E até Mãe Ri-Ri concordou sobre Nikolas não ter de ir para a torre.

– Acho que precisamos reescrever algumas leis dos duendes – sugeriu ela.

Pai Vodol não estava satisfeito. Ele resmungava. Andava de um lado para o outro. Um tamanco se soltou do *rack* de tamancos e caiu no chão com um baque. Todo mundo olhou para o tamanco. Sabiam que era porque Pai Vodol estava de mau humor.

– Pai Vodol! – chamou Mãe Ri-Ri, preocupada.

– Sinto muito. Mas ele é humano. Sabemos o que os humanos podem fazer. Não podemos amolecer nossa posição em relação aos humanos por causa de uma criança.

Pai Topo estalou a língua pensativo.

– Deve ter percebido que esse humano vai ajudar a vender muito jornal...

Pai Vodol parou. Nikolas viu que ele hesitava, pois sabia que isso era verdade. Depois da pausa, ele falou baixinho uma palavra pelo canto da boca:

– Talvez.

Pai Topo pôs a mão no ombro de Nikolas. Ou melhor, tentou. Era alto demais, e ele acabou se contentando com um tapinha no braço.

– Então, ele está perdoado?

Houve uma pausa muito longa. Uma pausa muito maior do que estas duas frases, mas uma hora ela chegou ao fim.

Pai Vodol fez que sim com a cabeça, mas o movimento foi muito discreto, o mais discreto jamais feito por duende ou humano.

– Sim.

– Vivaaaa! – gritaram todos os que não eram Pai Vodol.

– Acho que devemos fazer uma festa de Natal para comemorar – disse Mãe Ri-Ri.

Pai Vodol balançou a cabeça desanimado.

– Já tivemos uma festa de Natal há dois dias.

– Aquela festa foi horrível – respondeu Mãe Ri-Ri. – Vamos lá. Ele merece uma festa!

– Eu ficaria muito honrado – disse Nikolas. – Mas acho que Blitzen e eu só queremos descansar.

Loka voltou à sala segurando sete piões, um globo de neve, um ursinho de pelúcia e um jogo de arte. Os piões eram lindos. Todos eram muito coloridos – vermelhos e verdes, principalmente, e todos pintados à mão. Eram os brinquedos mais bonitos que Nikolas já tinha visto. E era muita coisa para carregar. Dois piões caíram e giraram no chão.

Pai Topo pegou um biscoito do bolso e o mordeu pensativo:

– Esse ato simples de dar presentes não é maravilhoso?

– Na verdade, não – disse Pai Vodol.

– Honestamente – disse Nikolas enquanto Loka tentava recolher todos os brinquedos do jogo –, só um pião é suficiente!

Loka balançou a cabeça, fazendo as longas tranças mover-se de um lado para o outro, enquanto mais piões caíam no chão.

– Não. Você precisa de mais que um pião. Brincar com piões é muito importante. Relaxa. Faz você se distrair, parar de pensar. Só preciso encontrar alguma coisa onde guardar todos os seus presentes. – Ela olhou em volta. O Pequeno Kip apontou uma das meias do pai. – Boa ideia! – concordou Loka. – Moodon, tire as meias!

– Quê?

– São do tamanho perfeito para todos estes piões. Vá logo. Tire as meias. Você tem muitas.

E Moodon tirou as meias de lã na frente de todo mundo. Nikolas ficou surpreso ao ver que pernas de duende eram tão peludas. Bem, as de Moodon eram.

Loka pôs todos os brinquedos dentro das meias.

– Pronto! Tamanho perfeito. Talvez devamos usar meias sempre para carregar brinquedos. Aí está! Feliz Natal!

E, embora meias cheias de brinquedos não fizessem tudo ficar melhor, Nikolas sentiu-se um pouco mais feliz sabendo que tinha feito alguém mais feliz. Então ele se despediu do Pequeno Kip e saiu com o Pai Topo para a noite fria, onde Blitzen esperava e olhou para ele com olhos cheios de amor, brilhantes como a neve.

A grande decisão

litzen voltou ao Campo das Renas com Donner, Sapateador e Megera e todas as outras, e, durante as semanas seguintes, Nikolas observou que as renas pareciam gostar do senso de humor travesso de Blitzen. Estavam sempre rindo dele. Bem, era impossível dizer se as renas estavam realmente rindo, já que a risada da rena é muito difícil de detectar, mas os olhos delas brilhavam mais sempre que ele estava por perto.

E Nikolas ficou no chalé de Pai Topo. Ficou lá por várias semanas. Comia os deliciosos biscoitos de gengibre que Moodon fazia e se divertia jogando cartas (todas pintadas à mão por Loka) com a Pequena Noosh. A Pequena Noosh, como todos os duendes, era incrível no jogo de cartas, mas às vezes o deixava ganhar. Ele se adaptou bem e fez amizade com os duendes, e nunca era esnobe, independentemente da cor da túnica que usavam.

Mas a tristeza dentro dele era forte. Nikolas tentava lembrar o lado bom do pai. Sempre havia estado lá, escondido, como o vermelho embaixo da sujeira de seu chapéu. Nikolas lavou o chapéu e o usava, e estava determinado a manter vivo dentro dele aquele lado bom, a nunca o perder.

– Estive pensando – disse Nikolas depois de um mês na Vila dos Duendes. – Está na hora de voltar para o mundo humano.

– Bem, se é isso que quer, é isso que deve fazer – respondeu Pai Topo.

E um dia ele até pediu para Blitzen voar com ele até Kristiinankaupunki. Enquanto voava, de vez em quando ele procurava o pai, como o havia procurado antes. Mas, é claro, não havia mais pai nenhum para encontrar. Eles pousaram no telhado da igreja, e Nikolas desceu pela torre. Passou o dia entre os humanos. Olhou a vitrine da loja de brinquedos, os bonecos de duende que pareciam quadrados e simples demais para serem duendes. Viu o boneco fofinho do rei Frederick. Viu um menino sair de lá com a rena de madeira. Lembrou-se de quando olhava aquela vitrine com o pai e queria muito ter os brinquedos que outras crianças tinham. Agora, tudo que queria era estar ao lado do pai.

O plano era voltar ao chalé, mas isso era absurdo. Por que ir morar com uma tia má, quando podia viver em um mundo de alegria e magia? Por que viver em um lugar tão cheio de lembranças de um passado que não voltava mais? Então, ele tomou a decisão. Viveria com os duendes para sempre.

Mas, como Nikolas estava sempre batendo a cabeça nas vigas do teto do chalé de Pai Topo, ficou acertado que ele deveria ter uma

casa. E os duendes construíram para ele uma cama de madeira de pinheiro, com móveis de biscoito de gengibre e bengalinha doce. A única coisa que Nikolas fez questão de pedir aos arquitetos foi vista para o Campo das Renas. Eles construíram a casa no limite do gramado coberto de neve, o que significava que ele podia ver Blitzen a qualquer hora, de todas as janelas voltadas para o Sul.

Às vezes, quando Blitzen estava de bom humor, voava dando voltas em torno da casa de Nikolas, galopando rápido pelo ar na frente das janelas do andar de cima. De vez em quando, algumas outras renas o acompanhavam, normalmente Sapateador e Cometa, às vezes Corredor, mas nunca Donner, que era o mais sensível. Nikolas se sentia um felizardo. Pensava em tia Carlotta e em dormir do lado de fora, no frio. Um menino de onze anos podia ter uma vida bem pior que a dele, que estava sempre cercado de magia, duendes e renas.

Quando fez doze anos, Nikolas foi eleito para o Conselho Duende depois de ser indicado por Pai Topo. Até Pai Vodol apoiou a ideia, pois sabia que ela daria mais uma boa primeira página para o *Diário da Neve*. Principalmente porque Nikolas era a pessoa mais nova a receber essa honra, e isso incluía os duendes.

E mais tarde, quando Pai Vodol terminou seu mandato de líder dos duendes e retomou o trabalho na mídia, houve outra eleição. Para a liderança da Vila dos Duendes.

Nikolas ganhou a eleição com sete mil, novecentos e oitenta e três votos, com um só duende votando contra ele.

E Nikolas passou a ser chamado de Pai Nikolas, o que ele achou bem engraçado, porque só tinha doze anos e não era pai de ninguém, claro, mas esse era o costume na vila. Mãe Vodol, a irmã mais nova e muito mais alegre de Pai Vodol, sugeriu que ele deveria ter um nome de duende, porque Nikolas era muito parecido com nicalis, um queijo *troll* muito nojento.

– Sim – concordou Mãe Ri-Ri. – Não quero me lembrar de queijo embolorado toda vez que disser seu nome!

– Oh, s-s-s-sim – disse Mãe Breer, a nervosa fabricante de cintos que recentemente havia sido indicada para o conselho, graças a um voto solidário a seu favor depois de ela ter sido assaltada por uma gangue de *pixies*. – Isso é v-v-v-v-v-verdade. "Nicalis" é uma palavra muito ruim. É q-q-q-q-q-quase tão ruim quanto "b-b-b-b-bolão de lama fedorento". Ou "impossível". Temos que pensar em outra c-c-c-coisa.

Pai Topo sugeriu:

– E se perguntarmos ao Nikolas?

Ele só conseguiu pensar em um nome.

– Natal – disse o menino.

– O que tem o Natal? – resmungou Pai Vodol. – Ainda faltam sete meses.

– Não, quero dizer que podem me chamar de Natal, não? Pai Natal?

Todos os duendes reunidos no conselho concordaram balançando a cabeça.

– Por que esse nome? – quis saber Pai Topo, brincando com um biscoito.

– Era como minha mãe e meu pai me chamavam. Quando eu era pequeno. Porque nasci no Dia de Natal. Era um apelido.

– Pai Natal? – disse Pai Vodol desconfiado. – Não acho que tem um som muito memorável.

– Eu gosto – disse Pai Topo. E continuou mastigando seu biscoito, enchendo o bigode de migalhas. – Você trouxe o Pequeno Kip no dia de Natal, não foi? É bem adequado. Pai Natal.

– Natal é tempo de doar – disse Mãe Ri-Ri. – E você foi um presente. Um presente humano.

Nikolas sentiu as lembranças voltando. Uma lágrima escorreu por seu rosto.

Pai Natal.

Ele se lembrou daqueles primeiros Natais, quando os pais eram vivos e eles iam cantar canções natalinas na praça da cidade em Kristiinankaupunki. Lembrou-se da alegria daquele último Natal, quando o pai mostrou a ele o trenó que havia construído e deixado escondido na floresta. Até o boneco de nabo era especial, naquele tempo.

Ele sorriu, limpando aquela lágrima de felicidade e deixando o nome ecoar em sua cabeça.

– Acho que Pai Natal é perfeito!

– Viva! – disse Pai Topo, engolindo o último pedaço de biscoito. – Isso pede um biscoito de gengibre!

A última visita à tia Carlotta

primeira coisa que Pai Natal fez foi desfazer todas as coisas que Pai Vodol tinha feito.

– Os duendes são livres para usar a túnica que quiserem – disse ele. – Nada de túnicas verdes, túnicas azuis e tudo isso. Ah, e eles podem sentar à mesa que escolherem. E a dancinha divertida deve ser incentivada. E cantar pode ser uma coisa alegre de novo, e a comida deve ser apreciada...

E todos os duendes do Conselho Duende concordaram.

– E deve haver alegria e boa vontade...

– Alegria e boa vontade! – disse Mãe Ri-Ri. – Sério? Isso é meio polêmico.

– Sim. Talvez seja. Mas os duendes eram felizes e podem ser felizes de novo.

E ouviu-se um grito:

– Alegria e boa vontade!

Como fazer
gracinha

E todos repetiam isso. Bom, nem todos. Não o sério Pai Vodol, por exemplo. Mas até ele conseguiu dar um sorrisinho.

Sim, não havia dúvida. O menino humano tinha levado a felicidade de volta à vila. E a felicidade estava ali para ficar.

Naquela noite, Nikolas subiu nas costas de Blitzen e fez uma última viagem. Queria ver a casa que havia deixado para trás. Eles voaram em linha reta, rápido, de volta ao chalé onde ele cresceu. Aterrissaram perto do poço no qual a mãe dele caiu, e Nikolas sentou-se no toco de um tronco de árvore que foi cortada pelo pai dele. Depois andou até o chalé, que ainda cheirava a nabo podre, e viu que tia Carlotta não estava lá. Ele entrou, sentou-se e inspirou tudo aquilo, sabendo que, provavelmente, era a última vez que via esse lugar.

Mais tarde, quando voavam de volta, ele viu tia Carlotta andando para Kristiinankaupunki. Quando passaram por cima de sua cabeça, ela olhou para cima, e Nikolas pensou que a ajudaria muito na vida acreditar em magia. Por isso gritou para ela lá do alto.

– Tia Carlotta! Sou eu! Estou voando montado em uma rena! Estou bem, mas não volto mais para casa!

E tia Carlotta olhou para cima bem a tempo de ver Nikolas acenar para ela do céu, montado em uma rena. E de ver uma coisa marrom voar em sua direção.

É que, bom, Nikolas queria que tia Carlotta acreditasse em magia, mas Blitzen... ah, Blitzen tinha uma ideia diferente. E uma excelente pontaria. O cocô de rena caiu bem em cima da cabeça dela e cobriu suas melhores roupas de ir à cidade.

– Bichos podres! – gritou ela para o céu, tentando tirar do rosto aquela coisa escura e fedida.

Mas, a essa altura, Blitzen e Nikolas já haviam desaparecido no meio das nuvens.

Como Pai Natal passou os dez anos seguintes

1. *Comendo biscoito de gengibre*

Depois de ter vivido seus primeiros onze anos só com sopa de cogumelo, ele passou os dez anos seguintes comendo a comida que os duendes comem. Não só biscoito de gengibre, mas geleia de fisális, pão doce de mirtilo, torta de arando-vermelho, sopa doce de ameixa, chocolate, geleias, doces. Todos os principais grupos de alimentos dos duendes. Sempre havia comida para comer, a qualquer hora do dia.

2. *Crescendo*

Ele ficou muito alto, agora tinha o dobro da altura do duende mais alto, Pai Vodol.

3. *Conversando com renas*

Ele começou a perceber que as renas tinham a própria linguagem. Não era uma linguagem que usasse a boca, mas era uma linguagem. E não havia nada que ele gostasse mais do que sair e conversar com elas. As renas falavam muito sobre o tempo, tinham dezessete mil quinhentas e sessenta e três palavras para musgo (mas só uma para grama), acreditavam que os chifres explicavam o universo, amavam voar e acreditavam que os humanos eram só duendes que deram errado. Sapateador era o mais falante e sempre contava piadas, Donner sempre fazia muitos elogios, Cupido falava de amor, Megera era incrivelmente séria e gostava de fazer perguntas profundas ("Se cai uma árvore na floresta e ninguém vê, ela realmente caiu?"), Cometa não fazia nenhum sentido e Blitzen era sempre bem quieto, mas era da companhia dele que Nikolas mais gostava.

4. *Trabalhando na própria imagem*

É claro que Nikolas precisou de roupas especiais, porque não existia um traje de duende que coubesse nele. Mãe Breer fez seus cintos (couro preto como uma bonita fivela de prata), e um duende chamado Calçadeira (sim, é sério!) fez suas botas. O alfaiate da cidade, Pai Loopin, fez as roupas no tom mais brilhante de vermelho.

5. *Usando um chapéu*

O chapéu do pai dele, para ser preciso. Limpo, renovado e com uma cor viva outra vez.

6. *Sendo alegre*

Todos os dias, ele não só usava traje completo vermelho e branco com cinto e botas pretos e brilhantes, mas vivia determinado a ser tão alegre quanto podia, porque o jeito mais fácil de fazer outras pessoas felizes era ser feliz, ou agir como se fosse, pelo menos. Era assim que a mãe dele fazia. E o pai também, de vez em quando.

7. *Escrevendo*

Ele escreveu os três *best-sellers* da década na Vila dos Duendes e vendeu mais de vinte e sete cópias de cada um. *Como ser feliz: o guia do Pai Natal para a felicidade*, *Direção de trenós para tontos* e *O sussurro da rena*.

8. *Trabalhando*

Como líder do Conselho Duende, ele trabalhava muito. Abriu creches e parques infantis. Comparecia a cada reunião chata. Assinou um tratado de paz com os *trolls*. E transformou a vila em um lugar novamente feliz, com brinquedos e dancinhas divertidas.

9. *Lembrando*

Ele pensava muito no pai. Também pensava no mundo humano que tinha deixado para trás e ficava triste por seus semelhantes humanos não poderem compartilhar das maravilhas da vila. Aos poucos, ao longo dos anos, ele começou a pensar em pegar um pouco do que tinha de bom ali, um pouco da magia, e espalhar pelo mundo humano.

10. *Fazendo amigos*

Nikolas nunca teve amigos antes. Agora tinha sete mil, novecentos e oitenta e três amigos. A maioria era duende, mas tudo bem, porque duendes eram o melhor tipo de amigos para se ter.

Malvados e legais

im. Nikolas fez muitos amigos fantásticos entre os duendes, e era uma espécie de exemplo para Pequeno Kip e Pequena Noosh (que agora não eram tão pequenos e eram chamados só de Kip e Noosh).

– Por que será que alguns humanos são malvados? – Kip perguntou a ele um dia, enquanto Nikolas o levava, com Noosh, para uma aula de direção de trenó. Estavam todos juntos naquele trenó, que agora tinha um assento confortável feito por Pai Topo. Kip era bonito para um duende, com cabelo bem preto e uma covinha no queixo, e Noosh ainda tinha uma exuberância feliz. Ela sempre fazia Nikolas pensar em um fogo transformado em duende.

Estavam em algum lugar sobre a Noruega. Embora fosse meio do dia, era sempre seguro sobrevoar a Noruega, porque ainda havia só oito pessoas morando lá.

Noosh segurava as rédeas e olhava para a frente, enquanto Blitzen e Donner e todas as outras renas puxavam o trenó.

– A maioria dos humanos é só uma mistura de coisas boas e algumas coisas ruins – disse Nikolas.

– Como as renas – falou Noosh.

– Acho que sim.

– Mas com as renas é fácil – disse Kip, puxando do bolso uma folha amassada de papel. Ele a entregou a Nikolas. Kip tinha desenhado uma linha no meio da folha, e de um lado escreveu "malvados", do outro, "legais".

– Coitada da Megera – disse Nikolas, vendo que ela era a única rena na lista dos malvados.

– Bom, outro dia ela mordeu o Sapateador.

– É mesmo?

– Mas o Sapateador estava na lista da semana passada. Depois falei que daria um biscoito para ele se fosse bonzinho.

Nikolas pensou nisso por um tempo, mas logo o pensamento derreteu como neve ao sol.

Noosh inclinou o trenó com cuidado para desviar de uma nuvem de chuva. Agora ela era a melhor motorista de trenó da Vila dos Duendes, sem dúvida nenhuma.

– Por que não dá um pouco de magia para eles? Para os humanos, quero dizer – sugeriu Noosh.

– Ho, ho, Noosh! Não é tão fácil assim. Vamos, é melhor voltarmos para a vila. Seu avô está esperando, e seus pais também, Kip. E as renas devem estar com fome.

– Vou fazer vinte e dois anos na semana que vem – disse Nikolas ao Pai Topo, alguns minutos depois de terem aterrissado. Estavam alimentando as renas, enquanto Noosh e Kip ensaiavam passos da dancinha divertida. Pai Topo olhou para Nikolas. E teve que olhar para cima, bem para cima, porque Nikolas agora tinha mais de um metro e oitenta de altura. Era mais alto do que o pai tinha sido. Sim, Nikolas era um humano alto, forte, sorridente e bonito que, apesar do sorriso, tinha sempre uma ruga na testa. Como se estivesse permanentemente confuso com alguma coisa, um mistério que não resolvia por completo.

– Sim. Eu sei – disse Pai Topo, enquanto a brisa fazia tremer seus bigodes brancos.

– Acha que nesta idade vou descobrir quem tenho que ser?

– Talvez. Mas vai saber quando se encontrar, porque, então, vai parar de envelhecer.

Nikolas sabia disso. Sabia que qualquer um que tivesse dentro de si magia de duende nunca ficava mais velho que a idade que tinha quando realmente se sentiu feliz consigo mesmo.

– Você levou noventa e nove anos, não foi?

Pai Topo suspirou.

– Sim, mas isso é bem incomum. – Ele deu um biscoito à Megera. – Pronto, coisa rabugenta.

– Mas...

– Não pense nisso. Olhe para Blitzen. Olhe para os chifres dele. Faz dois anos que não mudam. Ele encontrou sua idade perfeita sem nem pensar nela.

Nikolas olhou para a Via Principal, que seguia até a Rua das Sete Curvas. Olhou para o tamanco gigante pendurado do lado de fora da loja de tamancos, e para o pião simples pintado na placa do lado de fora da loja de brinquedos. Viu Minmin em sua banca de jornais vendendo o *Diário da Neve*. Todo duende tinha um propósito. Depois ele olhou novamente para o campo, para as renas e o lago oval, que hoje não parecia tanto um espelho, porque o vento fraco criava ondas na água.

– Preciso fazer alguma coisa. Alguma coisa grande. Algo de bom. Não faz sentido ser líder dos duendes, a menos que eu os conduza para algum lugar.

– Bem – disse Pai Topo com voz mansa –, seja qual for sua decisão, você sabe que todos nós apoiaremos. Todo mundo ama você. Todo mundo é mais feliz do que era desde o fim do reinado de Mãe Ivy, muito tempo atrás. Até Pai Vodol gosta de você hoje em dia...

Nikolas riu alto.

– Não consigo acreditar nisso

– Ah, sim – insistiu Pai Topo. – A bondade nele venceu. E a bondade está se espalhando além dos limites da cidade. Já soube que as *pixies* não plantam mais colaboca? E não teve mais assaltos, depois que roubaram os cintos de Mãe Breer... A torre está vazia há um ano, e os *trolls* não nos incomodam mais, apesar de eu achar que é porque sabem que você mora aqui, e a história se espalhou. Pai Natal... Matador de Troll, ha ha!

Nikolas assentiu e lembrou com um pouco de culpa aquele dia na torre.

– Você vai encontrar alguma coisa. E vai ser algo de bom. Todos aqui veem em você um exemplo, um modelo superior de comportamento. Todos nós. E não é só porque tem o dobro do nosso tamanho!

Nikolas e Blitzen acharam isso muito engraçado.

– Ho ho ho! – ele riu e deu uma cenoura à rena. Depois pensou em uma coisa. – Hum, onde encontro um telescópio?

COMO SER ALEGRE MESMO EM TEMPOS RUINS

1. Coma mais biscoito de gengibre, chocolate, geleia e bolo.
2. Diga a palavra "Natal".
3. Dê um presente a alguém. Um brinquedo, um livro, uma palavra gentil ou um grande abraço.
4. Ria, mesmo que não tenha do que rir. Especialmente nesses momentos.
5. Pense em uma lembrança feliz. Ou em um futuro feliz.
6. Use alguma coisa vermelha.
7. Acredite.

(Trecho de *Como ser alegre: o guia do Pai Natal para a felicidade*)

Pai Natal busca a verdade

No dia seguinte, Nikolas foi para as Colinas do Bosque com um presente. Sempre que ia ver alguém que não via há muito tempo, ele levava um presente. Nada o fazia sentir melhor que o simples ato de presentear. E hoje o presente que ele segurava era um telescópio que havia sido feito por Pavio Curto, o duende que uma vez gritou com ele quando estava em cima do telhado. Ele ainda se sentia mal por isso, por mais que Nikolas tivesse cansado de repetir para ele esquecer.

Enfim, Pai Topo tinha razão. Não havia mais pés de colaboca crescendo nas colinas. Ainda se viam alguns trechos de terra que não foram replantados, mas, de maneira geral, só se viam pés de fisális e ameixa.

Ele foi andando até chegar a um chalé amarelo com telhado de sapé. Era uma casinha muito, muito pequena. Nikolas bateu na porta e esperou. Logo apareceu uma pequena *pixie* de cabelos compridos e carinha de anjo.

– Oi, Pixie Verdadeira – disse ele.

A criatura sorriu um sorriso largo de *pixie*.

– Olá, Nikolas – respondeu. – Ou devo chamá-lo de Pai Natal? Ou devo dizer... Papai Noel?

– Papai Noel? – repetiu Nikolas. – O que é isso?

A *pixie* riu.

– Ah, é só um nome que as *pixies* inventaram para você. A tradução literal é "Homem Estranho com uma Barriga Grande".

– Encantador! – Ele ofereceu o telescópio. – Para você. Achei que ia gostar, principalmente porque tem uma vista muito boa daqui.

Nikolas sentiu um arrepio de alegria quando viu os olhos da *pixie* se iluminar.

– Uma vareta de visão mágica! Como soube que eu queria uma?

– Ah, só imaginei.

A *pixie* aproximou o olho do telescópio e olhou para a Vila dos Duendes.

– Uau! Uau! Tudo igual, mas maior! – Depois o virou ao contrário e fez tudo ficar menor. – Ah! Olha para você! Pequeno Pai Natal *pixie*!

– Ho ho ho!

– Mas entre! Entre!

Nikolas se espremeu na casinha, entrou na sala amarela cheia de lindos pratos de *pixie* pendurados nas paredes. Ele se sentou em um banquinho de madeira e teve que ficar de cabeça baixa. A sala era quente e tinha um cheiro bom. Açúcar e canela, talvez com um toque de queijo.

A *pixie* sorriu.

– Por que está sorrindo?

– Acho que ainda sou um pouco apaixonada por você. Depois que salvou minha vida. – Seu rosto ficou vermelho. Ela não queria dizer isso, mas uma Pixie Verdadeira não consegue esconder a verdade. – Sei que não daria certo entre nós. Uma *pixie* e um humano. Você é muito alto, e suas orelhas estranhas e redondas me fariam ter pesadelos. – Ela suspirou e olhou para o chão de ladrilhos amarelos. – Queria muito não ter dito isso.

– Tudo bem, tenho certeza de que há muitos *pixies* legais por aí.

– Não. Não. *Pixies* são surpreendentemente sem graça. Mas a verdade é que gosto de viver sozinha.

Nikolas assentiu.

– Eu também.

Houve um silêncio meio constrangido. Não exatamente um silêncio, porque ouvia-se um ruído baixo de movimento e mastigação, um som que Nikolas reconhecia, mas não conseguia identificar.

– Leio sobre você no *Diário da Neve* o tempo todo. Pelo jeito, virou uma celebridade.

– Hum, sim. – Nikolas olhou pela janelinha e viu uma das vistas mais lindas da vila, com a montanha gigante ao longe. Olhou para a torre em desuso. E então viu um rato velho e frágil roer um pedaço fedorento de queijo *troll*. Era esse o barulho que tinha escutado.

Não podia ser. Mas, sim. Era Miika.

– Miika. Miika! É você mesmo?

Miika virou a cabeça e olhou para Nikolas por um momento.

– Miika, é você! Que maravilha.

– Na verdade, o nome dele é Glump – disse a Pixie Verdadeira. – Eu o encontrei esperando em minha casa, depois que fui libertada da torre. Ele sempre gosta da comida que sirvo. Principalmente o queijo *troll*.

– É um pouco melhor que nabo, não é? – perguntou Nikolas ao rato.

– Queijo – disse Miika. – Queijo existe. Tenho queijo.

Enquanto olhava para o rato, Nikolas pensava na infância, há mais de dez anos, em um território inteiro distante. Pensou no pai, na mãe e em tia Carlotta. Era estranho. Ver alguém, mesmo que fosse um rato, que havia dividido o mesmo aposento com ele abria uma porta para uma centena de lembranças. Mas Miika não parecia emocionado e continuou roendo o queijo.

– Não entendo – disse a Pixie Verdadeira.

Nikolas se preparava para explicar que Miika era um velho amigo, mas, vendo o roedor feliz com seu pedaço de queijo, decidiu guardar a informação para si. Miika estava satisfeito em sua casa no bosque.

– Não importa... Ouvi dizer que as *pixies* abandonaram a violência.

– Ah – respondeu a Pixie Verdadeira –, ainda adoramos a ideia de explodir cabeças. Mas sabe de uma coisa? Depois que acontece, dá um vazio por dentro. E, de qualquer maneira, eu inventei isto...

Ela abriu uma gaveta e pegou uma coisa. Era um tubo vermelho feito de um papel grosso.

– Segure essa ponta e puxe – ela disse, segurando a outra extremidade.

Eles puxaram juntos e ouviram um barulho de explosão. PUM!

Miika derrubou o queijo, mas o pegou em seguida com as patinhas.

A Pixie Verdadeira gritou de alegria.

– Não é uma delícia?

– Uau. Eu não estava esperando.

– Eu chamo de "rojão". Você pode pôr presentinhos dentro dele. E faz menos sujeira que explodir cabeça de *troll*. Enfim, por que veio?

– Porque preciso falar com alguém que seja honesto comigo. Posso conversar com os duendes, mas eles se preocupam tanto com gentileza que nem sempre são verdadeiros. Mas você é.

A criaturinha concordou balançando a cabeça.

– Verdadeira é o que eu sou.

Nikolas hesitou. Estava um pouco envergonhado. Era muito grande e alto, comparado a um rato e uma *pixie*, mas o rato e a *pixie* sabiam exatamente quem e o que eram. Tinham encontrado seu lugar no mundo.

– O negócio é que... sou humano, mas também tenho habilidades mágicas. Sou Nikolas. Mas também sou Pai Natal. Estou no meio do caminho. Mas é difícil. Disseram que só preciso descobrir o que quero fazer. Os duendes dizem que faço o bem. Mas que bem eu faço?

– Você criou o dia da Boa Vontade em homenagem à Mãe Ivy. Permitiu a dancinha divertida. Deu a todos os duendes mais dinheiro de chocolate. Abriu a nova creche dos duendes. E o parque infantil. E o museu do tamanco. E reverteu a prisão na Torre das Boas-Vindas. Seus livros ainda vendem bem. Não que eu goste daquela bobagem de duendeajuda. Passou no seu exame de motorista de trenó. Ensina jovens duendes a dirigir trenós voadores.

– Todo mundo passa no exame de motorista de trenó. E, sim, eu ensino, mas não sei se esse é meu destino.

A Pixie Verdadeira tentou pensar.

– Você salvou o Pequeno Kip.

– Faz dez anos.

– Sim, talvez esteja vivendo de glórias do passado, só um pouquinho – disse a Pixie Verdadeira com ar solene. Mas os duendes admiram você.

– Sei que eles me respeitam. Mas não deviam. Eles precisam de um propósito. Um verdadeiro propósito. Não dei isso a eles.

A Pixie Verdadeira pensou nisso e esperou a verdade chegar. Demorou um pouco, um ou dois momentos. Três momentos, na verdade. Mas aconteceu.

– Às vezes – disse ela, e seus olhos estavam muito abertos e brilhantes –, as pessoas se espelham em outras não por quem elas foram, mas por quem poderiam ter sido. Pelo que sabem que poderiam ter sido. Eles veem em você alguma coisa especial.

Mikka tinha seu queijo e correu para a ponta da mesinha. De lá, pulou no colo de Nikolas.

– Oh, ele gosta de você – disse a Pixie Verdadeira. – Isso é raro. Normalmente, ele é bem seletivo. Veja, ele está olhando para você. Como os duendes fazem.

– Gosto de você – disse Miika em sua linguagem silenciosa de rato. – Mesmo que não seja um derivado de leite.

– Todo mundo admira você.

Enquanto a Pixie Verdadeira falava, Nikolas sentiu alguma coisa despertar dentro dele. Aquele sentimento quente e doce. A sensação de magia, esperança e bondade, o melhor sentimento no mundo. Mais uma vez, esse sentimento informava o que ele já sabia há dez anos. Nada era impossível. Mas, melhor ainda, agora tinha a sensação de que estava na Vila dos Duendes por um motivo. Podia nunca ser capaz de ser um duende de verdade. Mas agora estava aqui, e, como em tudo na vida, havia um propósito em ação.

– Você tem o poder de fazer o bem e sabe disso.

Sabia que tinha o poder de fazer o bem e encontraria um jeito de fazer. Um jeito de unir o lado Nikolas e o lado Pai Natal. Uniria as partes humanas e as partes mágicas, e um dia, talvez, poderia mudar não só a Vila dos Duendes, mas a vida dos humanos também.

A Pixie Verdadeira torceu o nariz. Seu rostinho triangular estava pensativo. Então, do nada, ela gritou uma palavra.

– Dar!

– Quê?

– Dar é o que faz você feliz. Vi sua cara quando me deu a vareta de visão. Ainda era uma grande e estranha cara humana, mas muito feliz!

Nikolas sorriu e coçou o queixo.

– Dar, sim. Dar... Obrigado, Pixie Verdadeira. Eulhe devo o mundo inteiro.

A Pixie Verdadeira sorriu ainda mais.

– Este humilde chalé e as Colinas do Bosque são suficientes para mim.

Miika correu até o joelho de Nikolas e quis pular para o chão, mas Nikolas estendeu a mão aberta para o rato subir nela e o colocou no chão com delicadeza.

– Queijo é melhor que nabo, não é? – disse Nikolas.

– Com toda certeza – disse Miika. E Nikolas pareceu entender.

Nikolas levantou-se da cadeira pequenina e se encolheu para sair da casinha.

A Pixie Verdadeira pensou em mais uma coisa quando Nikolas começou a descer a colina em direção à vila.

– Ah, e deveria deixar a barba crescer! Ficaria bom em você.

40 anos depois...

PAI NATAL CONTA TUDO EM

DIÁRIO DA NEVE

O JORNAL FAVORITO DE TODOS OS DUENDES

EXCLUSIVO: PAI NATAL REVELA SEU NOVO VISUAL

Pai Natal foi visto no Campo das Renas, neste fim de semana, de barba. Ele falou com a correspondente política do *Diário da Neve*, Mãe Jingle, e comentou: "Sim, é verdade. Isso é uma barba e está no meu rosto. Mas quero falar, na verdade, sobre a necessidade de mais boa vontade e..."

Então é isso, a barba do Pai Natal é real.

Veja nas páginas 33 a 47 os conselhos sobre

COMO TER A APARÊNCIA DO PAI NATAL

A magia de dar

Algumas pessoas levam muito tempo para entender por que, exatamente, estão aqui. Nikolas demorou mais quarenta anos.

Agora tinha sessenta e dois. Não só mantinha a barba, como a Pixie Verdadeira sugeriu, mas também era líder do Conselho Duende por muito tempo.

Nesse tempo, ele preservou e expandiu a felicidade na Vila dos Duendes. Começou uma dancinha divertida semanal (com Tomtegubbs cantores) na prefeitura, deu brinquedos de graça a todos os duendes recém-nascidos, transformou a torre em uma oficina de brinquedos, criou uma Universidade de Produção Avançada de Brinquedos, expandiu a escola de direção de trenó, assinou a aliança Pixie-Duende, assinou um tratado de paz com os *trolls*, inventou a torta de carne, o xerez e os homens de biscoito de gengibre e aumentou o salário mínimo dos duendes para quinhentas moedas de chocolate por semana.

Mas ainda sentia necessidade de fazer mais. Sabia que precisava fazer mais, porque continuava envelhecendo todo dia. A maioria dos duendes, com exceção de Pai Topo e alguns outros, pararam de envelhecer aos quarenta anos, mais ou menos, e isso estava ficando meio bobo. Estava demorando demais para encontrar seu propósito. Adorava ajudar os duendes, mas era hora de ajudar o povo a que também pertencia, em parte. As pessoas que havia deixado para trás em seu mundo, um mundo que muitas vezes era cheio de perda, dor e tristeza. Podia sentir tudo isso. Ficava acordado à noite, deitado na cama, e ouvia as vozes em sua cabeça. Sentia o mundo todo lá dentro. O bom e o mau. O malvado e o legal.

Em uma noite de domingo na primavera, quando não havia lua, ele foi buscar Blitzen no campo e voou além da montanha.

Não havia sensação melhor que voar pelo céu nas costas de uma rena. Mesmo depois de uma vida inteira fazendo isso, Nikolas, que agora se sentia tão confortável com o nome Pai Natal que ele mesmo se chamava de Pai Natal, adorava a sensação mágica de se locomover pelo céu. Eles continuaram voando. Atravessaram a Finlândia, passaram pela floresta onde ele viu o pai pela última vez, e lá ele o procurou, como procurava sempre que voava. Era bobagem. Seu pai tinha morrido há muito tempo, mas era um velho hábito. Eles voaram pelo Sul da Dinamarca, passaram sobre cidades e povoados, sobre o pequeno porto de pesca de Helsinki, onde pesqueiros e outras embarcações esperavam os pescadores que os levariam para mar aberto outra vez.

Pai Natal queria muito falar com alguém de sua gente, mas tinha jurado aos duendes que guardaria seu segredo. Sabia que eles estavam certos. Humanos provavelmente ainda não eram confiáveis o bastante para saber sobre duendes e sua magia. Mas só porque a vida dos humanos podia ser muito difícil.

Eles voaram e voaram, passaram sobre o reino de Hanover, Holanda e França. As terras lá embaixo eram escuras, mas com breves explosões de luz de todas as fogueiras e das lâmpadas a gás nas cidades. Quando finalmente pediu a Blitzen para voltar para casa, Pai Natal pensava que toda vida humana, e certamente a vida que ele lembrava, era como aquela paisagem. Escura, com ocasionais explosões de luz.

Quando voava de volta ao Norte sob o céu sem lua, ele percebeu que, embora talvez não pudesse mais viver com os humanos, a questão que ainda o incomodava era: como poderia tornar a vida deles melhor? Mais feliz?

No dia seguinte, ele fez essa pergunta em uma reunião do Conselho Duende.

– Temos que encontrar um jeito de espalhar a maior felicidade possível – anunciou ele.

Pai Vodol chegou um pouco atrasado, segurando uma pilha de presentes.

– Feliz aniversário, Pai Vodol! – disse Pai Natal.

Todos cantaram "Parabéns para Você". Depois, Pai Vodol sentou-se e sorriu para o bom amigo Pai Natal, e desejou poder voltar no tempo e mudar aquele dia em que o pôs na prisão.

– Mas todo mundo está feliz – disse Mãe Noosh, que agora era uma jornalista bem-sucedida e chefe das renas correspondentes do *Diário da Neve*.

– Todo mundo é feliz aqui – corrigiu Pai Natal. – Mas quero espalhar essa felicidade além da montanha.

Todos que estavam ali reagiram com espanto. Não eram muitos, porque havia um campeonato de comedores de bolo no andar de baixo da prefeitura.

– Além da montanha? – perguntou Pai Topo. – Mas é muito perigoso. Aqui tudo é perfeito. Se deixarmos todos os humanos saberem que estamos aqui, vai ser o caos! Sem ofensa, Pai Natal!

Pai Natal assentiu pensativo e coçou a barba, que agora era tão branca quanto os bigodes do Pai Topo. Pai Topo sempre tinha razão, e dessa vez não era diferente.

– Concordo, Pai Topo, concordo. Mas e se fizermos alguma coisa para levar só um pouco de magia? Alguma coisa que dê alegria à vida deles?

– Mas o quê? – perguntou Pai Vodol, que abria um presente de aniversário. – Uma rena fofinha! – gritou ele alegre. – Parece Blitzen! Obrigado, Pai Natal.

– Foi um prazer – respondeu Pai Natal.

E Pai Natal viu aquela alegria no rosto de Pai Vodol e pensou, como sempre pensava, sobre a magia de dar. Pensou no dia em que ganhou o trenó. E quando, anos mais tarde, ganhou o boneco de nabo. Embora um trenó seja muito melhor que um nabo, a sensação ao ganhar um e outro foi a mesma. A Pixie Verdadeira estava certa. Dar era o que ele fazia de melhor.

E então, naquela noite, por volta da meia-noite, ele teve a ideia.

Era a maior e mais louca ideia que jamais teve.

A ideia envolveria muitas coisas. Em primeiro lugar, muito trabalho duro. Mas duendes adoravam trabalhar, era divertido, e ele garantiria que fosse divertido. Tinha de ser divertido, porque, se não se divertissem, tudo daria muito errado. Ele transformaria a torre de oficina de brinquedos na maior oficina de brinquedos que se pudesse imaginar.

O plano também envolveria as renas. Sim, todas as renas seriam necessárias. Blitzen teria de ser o líder, porque ninguém era tão bom quanto ele voando. Não era só forte e rápido, mas também tinha determinação. Nunca abandonava uma jornada antes do fim, como nunca Nikolas desistia de uma montanha antes de chegar ao topo. E também ia precisar de Donner à frente para ajudar na navegação. Ou a nova rena que Mãe Noosh encontrou vagando pelas Colinas do Bosque. A que tinha um focinho vermelho e estranho.

E iam precisar de um bom trenó. O melhor que já existiu, na verdade. Tinha que recrutar os melhores fabricantes de trenó. Ia precisar de um que fosse forte, simples e silencioso ao voar.

Mas ainda havia um problema. Ele andava pelo quarto comendo chocolate. Olhou pela janela, além de Blitzen e das outras oito renas que dormiam no escuro, para a prefeitura. Olhou para o relógio novo. Quinze minutos haviam passado desde que a ideia surgiu. O tempo passava muito depressa.

Precisava fazer alguma coisa sobre isso.

Sobre o tempo.

Como poderia voar e visitar todas as crianças do mundo em uma única noite? Era impossível.

As palavras que ele ouviu do Pai Topo muito tempo atrás voltaram à lembrança.

“Uma impossibilidade é só uma possibilidade que você não entende.”

Ele olhou para o céu e viu o rastro de fogo de um cometa que seguia seu caminho entre as estrelas, antes de desaparecer na noite como um sonho.

– Uma estrela cadente – disse a si mesmo, lembrando-se de outra que tinha visto com Miika tantos anos atrás. – Eu acredito em magia, Miika – falou, imaginando que o rato, que partiu há tanto tempo, ainda estava ali com ele. – Como você acreditava em queijo.

E, onde havia magia, sempre havia um jeito.

E desta vez ele soube que o encontraria. Passou a noite inteira acordado pensando nisso, depois parou de pensar e começou a acreditar nisso. Acreditava tão completamente que já era real. Era inútil tentar pensar em um jeito, porque era impossível. E o único jeito de realizar o impossível não era pela lógica ou pelo pensamento sensato. Não. Era acreditando que podia ser feito. Acreditar era o método. Você pode parar o tempo, expandir chaminés, até viajar o mundo em uma só noite, com a magia certa e a fé dentro de você.

E aconteceria no Natal.

E, no momento em que soube disso, ele sentiu um brilho quente. Começou na barriga e se espalhou pelo corpo todo. Era o sentimento que aparece quando você descobre quem realmente é e quem sabe que será. E, ao se encontrar, ele parou de envelhecer exatamente ali. Como você para ao chegar ao destino depois de uma longa jornada, ou depois de chegar à última página de um livro, quando a história é completa e fica daquele jeito para sempre. E ele sabia que ele, o homem chamado Natal, que ainda se sentia tão jovem sempre, um menino de sessenta e dois anos chamado Natal, não envelheceria nem mais um dia.

Ele pegou o velho chapéu vermelho que foi de seu pai. Aproximou-o do rosto e teve certeza de poder sentir o cheiro dos pinheiros na antiga floresta onde o pai passava os dias cortando tantas árvores. Pôs o chapéu na cabeça e então ouviu o som distante de vozes vindo da prefeitura. É claro! Era segunda-feira. Noite de dança. Abriu a janela e viu centenas de duendes voltando para suas casas. Sentiu uma alegria tão grande que se debruçou na janela e gritou o mais alto que pôde:

– Feliz Natal a todos, e boa noite!

E todo mundo olhou para ele e respondeu sem questionar:

– Feliz Natal!

E todos, inclusive Pai Natal, riram.

– Ho ho ho!

E depois disso ele fechou a janela, terminou de comer seu chocolate e foi para a cama.

Fechou os olhos e sorriu com muita alegria, pensando em toda magia e encantamento que poderia compartilhar no próximo Natal.

ASSE BOLO COMO UMA PIXIE

PREÇO 2 MOEDAS DE CHOCOLATE

DIÁRIO DA NEVE

O JORNAL FAVORITO DE TODOS OS DUENDES

O GRANDE JOGO DO PAI NATAL

Depois de meses de intensos preparativos, Pai Natal relatou hoje na oficina de brinquedos que os planos vão indo bem.

"Tudo está encaminhado", ele disse à correspondente de política do Diário da Neve, Mãe Jingle.

"Tivemos uma pequena crise no começo do mês, quando peças de quebra-cabeça desapareceram, mas tudo foi resolvido.

CONTINUA nas páginas 2-3

A primeira criança a acordar

primeira criança a acordar na manhã de Natal foi uma menina de oito anos chamada Amélia, que morava em uma casinha na periferia de Londres, no país cinzento e chuvoso conhecido como Inglaterra.

Ela abriu os olhos e espreguiçou. Ouviu a mãe tossir do outro lado da parede. Viu alguma coisa na escuridão de seu quarto. Uma forma imóvel ao pé da cama. Aquilo a deixou curiosa. Ela sentou. E viu uma meia cheia de pacotes.

Quando a menina desembrulhou o primeiro pacote, seu coração disparou.

– Impossível – disse. Era um cavalinho de madeira. Exatamente o que sempre quis. Ela abriu outro pacote. Um pião pintado à mão com o mais colorido padrão de zigue-zague. Mais alguma coisa. Uma laranja! Nunca tinha visto uma laranja antes. E dinheiro feito de chocolate!

Ela notou um pedaço de papel no fundo da meia. Uma folha bege dobrada. A menina pegou o papel e começou a ler:

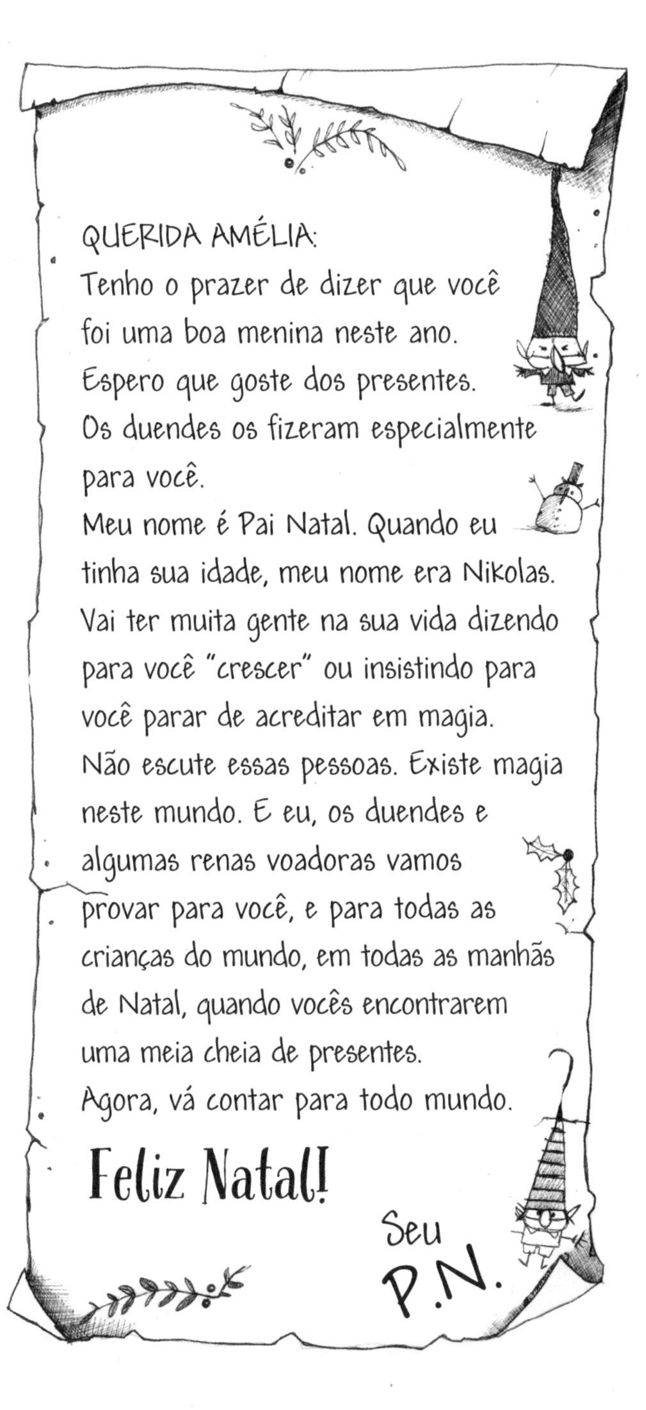
QUERIDA AMÉLIA:
Tenho o prazer de dizer que você foi uma boa menina neste ano.
Espero que goste dos presentes.
Os duendes os fizeram especialmente para você.
Meu nome é Pai Natal. Quando eu tinha sua idade, meu nome era Nikolas.
Vai ter muita gente na sua vida dizendo para você "crescer" ou insistindo para você parar de acreditar em magia.
Não escute essas pessoas. Existe magia neste mundo. E eu, os duendes e algumas renas voadoras vamos provar para você, e para todas as crianças do mundo, em todas as manhãs de Natal, quando vocês encontrarem uma meia cheia de presentes.
Agora, vá contar para todo mundo.

Feliz Natal!

Seu
P.N.

Agradecimentos

Todo livro é um esforço de equipe, e este não é exceção. Então, aqui vai a "Lista dos Legais" de *Um menino chamado Natal.*

Gostaria de agradecer:

Chris Mould, por ter transformado minhas palavras em imagens fantásticas. Francis Bickmore, Duende-chefe, para ajudar a melhorar minhas palavras. Jamie Byng, o Papai Noel de Canongate. Jenny Todd, Mamãe Noel. Rafaela Romaya, Sian Gibson e todos os duendes na oficina Cacongate. Kristen Grant e Matthew Railton por manterem a bola de neve rolando. Clare Conville, por salpicar seu pó de *pixie* na minha vida profissional. Camilla Young e Nick Marston pelo conhecimento sobre filmes de Natal. Todos em Conville, Walsh e Curtis Brown. Todo o pessoal de cinema na Blueprint Pictures e Studio Canal, pela alegria e boa vontade. Todos os maravilhosos livreiros que passam a vida espalhando o milagre dos livros, e não só no Natal. Minha alma gêmea Andrea Semple, por me ajudar de todas as maneiras com este livro e por transformar meu mundo em algo mágico.

Matt Haig